Ô Pionniers !

Willa Catherine

Writat

Cette édition parue en 2023

ISBN : 9789358812879

Publié par
Writat
email : info@writat.com

Contenu

PARTIE I.
LA TERRE SAUVAGE

je

Un jour de janvier, il y a trente ans, la petite ville de Hanover, ancrée sur un plateau venteux du Nebraska, essayait de ne pas se laisser emporter. Une brume de fins flocons de neige s'enroulait et tourbillonnait autour de l'amas de bâtiments bas et ternes blottis dans la prairie grise, sous un ciel gris. Les maisons d'habitation étaient disposées au hasard sur le gazon dur de la prairie ; certains d'entre eux avaient l'air d'avoir été hébergés pendant la nuit, et d'autres comme s'ils s'éloignaient seuls, se dirigeant droit vers la plaine. Aucun d'eux n'avait l'apparence d'une permanence, et le vent hurlant soufflait aussi bien sous eux que sur eux. La rue principale était une route profondément défoncée, maintenant gelée, qui allait de la gare rouge et trapue et du « silo » à grains à l'extrémité nord de la ville jusqu'au parc à bois et à l'étang pour chevaux à l'extrémité sud. De chaque côté de cette route s'éparpillaient deux rangées inégales de bâtiments en bois ; les magasins de marchandises diverses, les deux banques, la pharmacie, le magasin d'aliments, le saloon, la poste. Les trottoirs en planches étaient gris de neige piétinée, mais à deux heures de l'après-midi, les commerçants, revenus du dîner, se tenaient bien derrière leurs vitres givrées. Les enfants étaient tous à l'école, et il n'y avait personne dans les rues, à l'exception de quelques compatriotes à l'air rude, en pardessus grossiers, avec leur longue casquette baissée jusqu'au nez. Certains d'entre eux avaient amené leurs femmes en ville, et de temps en temps un châle rouge ou à carreaux surgissait d'un magasin pour se mettre à l'abri d'un autre. Aux attelages de la rue, quelques lourds chevaux de trait, attelés à des chariots de ferme, grelottaient sous leurs couvertures. Autour de la gare, tout était calme, car il n'y aurait pas d'autre train avant la nuit.

Sur le trottoir devant l'un des magasins était assis un petit Suédois qui pleurait amèrement. Il avait environ cinq ans. Son manteau de drap noir était beaucoup trop grand pour lui et lui faisait ressembler à un petit vieillard. Sa robe en flanelle marron rétrécie avait été lavée plusieurs fois et laissait une longue bande de bas entre l'ourlet de sa jupe et le haut de ses chaussures maladroites à bout de cuivre. Sa casquette était rabattue sur ses oreilles ; son nez et ses joues potelées étaient gercés et rouges de froid. Il a pleuré doucement et les quelques personnes qui se sont précipitées ne l'ont pas remarqué. Il avait peur d'arrêter qui que ce soit, peur d'entrer dans le magasin et de demander de l'aide, alors il s'est assis, tordant ses longues manches et regardant un poteau télégraphique à côté de lui, gémissant : « Mon chaton, oh, mon chaton ! Elle va grésiller !" Au sommet du poteau était accroupi un chaton gris frissonnant, miaulant faiblement et s'accrochant désespérément au bois avec ses griffes. Le garçon avait été laissé au magasin pendant que sa sœur se rendait chez le médecin et, en son absence, un chien avait poursuivi son chaton jusqu'au poteau. La petite créature n'avait jamais été aussi haute auparavant et elle avait trop peur pour bouger. Son maître était plongé dans le désespoir. C'était un petit garçon de la campagne, et ce village était pour lui un endroit très étrange et déroutant, où les gens portaient de beaux vêtements et avaient le cœur dur. Il se sentait toujours timide et mal à l'aise ici, et voulait se cacher derrière les choses de peur que quelqu'un ne se moque de lui. Tout à l'heure, il était trop malheureux pour se soucier de savoir qui riait. Il lui sembla enfin entrevoir une lueur d'espoir : sa sœur arrivait, il se leva et courut vers elle avec ses lourdes chaussures .

Sa sœur était une fille grande et forte, et elle marchait rapidement et résolument, comme si elle savait exactement où elle allait et ce qu'elle allait faire ensuite. Elle portait un long ulster d'homme (non pas comme s'il s'agissait d'une affliction, mais comme s'il était très confortable et lui appartenait ; il le portait comme un jeune soldat), et un bonnet rond en peluche, attaché par un voile épais. Elle avait un visage sérieux et pensif, et ses yeux d'un bleu clair et profond étaient fixés intensément au loin, sans avoir l'air de rien voir, comme si elle avait des ennuis. Elle n'a pas remarqué le petit garçon jusqu'à ce qu'il la tire par le manteau. Puis elle s'arrêta net et se baissa pour essuyer son visage mouillé.

« Eh bien, Émile ! Je t'ai dit de rester dans le magasin et de ne pas en sortir. C'est quoi ton problème?"

« Mon chaton, ma sœur, mon chaton ! Un homme l'a mise dehors et un chien l'a poursuivie là-haut. Son index, dépassant de la manche de son manteau, désignait la misérable petite créature accrochée au poteau.

« Ah, Émile ! Ne t'ai-je pas dit qu'elle nous causerait des ennuis si tu l'amenais ? Qu'est-ce qui t'a poussé à me taquiner autant ? Mais là, j'aurais dû mieux le savoir moi-même. Elle s'approcha du pied du poteau et tendit les bras en criant : « Minou, minou, minou », mais le chaton se contenta de miauler et d'agiter légèrement sa queue. Alexandra se détourna décidément. « Non, elle ne descendra pas. Il faudra que quelqu'un la suive. J'ai vu le chariot des Linstrums en ville. Je vais voir si je peux trouver Carl. Peut-être qu'il peut faire quelque chose. Seulement tu dois arrêter de pleurer, sinon je ne ferai pas un pas. Où est ta couette ? L'as-tu laissé dans le magasin ? Pas grave. Reste tranquille, jusqu'à ce que je te mette ça.

Elle défit le voile marron de sa tête et l'attacha autour de son cou. Un petit voyageur miteux, qui sortait à ce moment du magasin pour se rendre au salon, s'arrêta et regarda bêtement la masse brillante de cheveux qu'elle dénudait en ôtant son voile ; deux tresses épaisses, épinglées autour de sa tête à la manière allemande, avec une frange de boucles jaune rougeâtre sortant de dessous son bonnet. Il sortit son cigare de sa bouche et en tint le bout mouillé entre les doigts de son gant de laine. "Mon Dieu, ma fille, quelle chevelure !" s'exclama-t-il, tout à fait innocemment et bêtement. Elle le poignarda d'un regard d'une férocité amazonienne et pinça sa lèvre inférieure — une sévérité des plus inutiles. Cela fit un tel sursaut au petit batteur de vêtements qu'il laissa tomber son cigare sur le trottoir et s'en alla faiblement sous les dents du vent vers le saloon. Sa main était encore instable lorsqu'il prit son verre des mains du barman. Ses faibles instincts de coquette avaient déjà été écrasés, mais jamais aussi impitoyablement. Il se sentait vulnérable et maltraité, comme si quelqu'un avait profité de lui. Lorsqu'un batteur errait dans de petites villes ternes et rampait à travers la campagne hivernale dans des voitures sales et fumantes, était-il à blâmer si, lorsqu'il rencontrait par hasard une belle créature humaine, il se souhaitait soudain plus d'homme ?

Pendant que le petit batteur buvait pour retrouver son sang-froid, Alexandra se précipita vers la pharmacie car c'était l'endroit le plus probable pour trouver Carl Linstrum . Il était là, feuilletant un portfolio d'«études» chromo que le pharmacien vendait aux Hanovriennes qui peignaient sur porcelaine . Alexandra lui expliqua sa situation difficile et le garçon la suivit jusqu'au coin, où Emil était toujours assis près du poteau.

« Il va falloir que je monte après elle, Alexandra. Je pense qu'au dépôt, ils ont des pointes que je peux attacher à mes pieds. Attends une minute." Carl fourra ses mains dans ses poches, baissa la tête et s'élança dans la rue contre le vent du nord. C'était un grand garçon de quinze ans, mince et à la poitrine étroite. Lorsqu'il revint avec les pointes, Alexandra lui demanda ce qu'il avait fait de son pardessus.

«Je l'ai laissé à la pharmacie. De toute façon, je ne pouvais pas y grimper. Rattrape-moi si je tombe, Emil, » rappela-t-il alors qu'il commençait son ascension. Alexandra le regardait avec inquiétude ; le froid était déjà assez glacial sur le sol. Le chaton ne bougeait pas d'un pouce. Carl dut se rendre tout en haut du poteau, puis eut quelques difficultés à l'arracher de son emprise. Lorsqu'il atteignit le sol, il remit le chat à son petit maître en larmes. "Maintenant, va au magasin avec elle, Emil, et réchauffe-toi." Il ouvrit la porte à l'enfant. « Attends une minute, Alexandra. Pourquoi je ne peux pas conduire pour toi jusqu'à chez nous ? Il fait de plus en plus froid à chaque minute. Avez-vous vu le médecin ?

"Oui. Il vient demain. Mais il dit que son père ne peut pas aller mieux ; je ne peux pas guérir. Les lèvres de la jeune fille tremblaient. Elle regardait fixement la rue sombre, comme si elle rassemblait ses forces pour faire face à quelque chose, comme si elle essayait de toutes ses forces de comprendre une situation qui, aussi douloureuse soit-elle, devait être affrontée et traitée d'une manière ou d'une autre. Le vent faisait battre autour d'elle les jupes de son épais manteau.

Carl ne dit rien, mais elle ressentit sa sympathie. Lui aussi était seul. C'était un garçon mince et frêle, aux yeux sombres et maussades, très silencieux dans tous ses mouvements. Il y avait une pâleur délicate sur son visage maigre et sa bouche était trop sensible pour celle d'un garçon. Les lèvres avaient déjà une petite grimace d'amertume et de scepticisme. Les deux amis restèrent quelques instants au coin de la rue venteuse, sans dire un mot, comme deux voyageurs égarés se lèvent parfois et avouent en silence leur perplexité. Lorsque Carl s'est détourné , il a dit : « Je vais m'occuper de votre équipe. Alexandra est entrée dans le magasin pour faire emballer ses achats dans les boîtes à œufs et se réchauffer avant de se lancer dans sa longue route froide.

Lorsqu'elle chercha Emil, elle le trouva assis sur une marche de l'escalier qui menait au rayon vêtements et tapis. Il jouait avec une petite bohème, Marie Tovesky , qui attachait son mouchoir sur la tête du chaton pour en faire un bonnet. Marie était une étrangère dans le pays, venue d'Omaha avec sa mère pour rendre visite à son oncle, Joe Tovesky . C'était une enfant brune, avec des cheveux bruns bouclés, comme ceux d'une poupée brune, une petite bouche rouge câline et des yeux ronds jaune-brun. Tout le monde remarqua ses yeux ; les iris bruns avaient des reflets dorés qui les faisaient ressembler à de la pierre dorée ou, dans des lumières plus douces, à ce minéral du Colorado appelé œil de tigre.

Les enfants de la campagne des environs portaient leurs robes jusqu'aux dessus de leurs chaussures, mais cette enfant de la ville était habillée à la manière qu'on appelait alors « Kate Greenaway », et sa robe de cachemire rouge, entièrement rassemblée sous l'empiècement, arrivait presque jusqu'au sol. Ceci, avec son bonnet poke, lui donnait l'air d'une petite femme pittoresque. Elle avait une pointe de fourrure blanche autour du cou et ne fit aucune objection lorsqu'Emil la toucha avec admiration. Alexandra n'eut pas le cœur de l'éloigner d'une si jolie camarade de jeu, et elle les laissa taquiner le chaton ensemble jusqu'à ce que Joe Tovesky entre bruyamment et prenne sa petite nièce, la plaçant sur son épaule à la vue de tous . Ses enfants étaient tous des garçons et il adorait cette petite créature. Ses amis formaient un cercle autour de lui, admirant et taquinant la petite fille, qui prenait leurs plaisanteries avec beaucoup de bonhomie. Ils étaient tous ravis d'elle, car ils voyaient rarement un enfant aussi joli et si soigneusement élevé. Ils lui dirent qu'elle devait choisir l'un d'eux pour amie, et chacun commença à lui présenter son costume et à lui offrir des pots-de-vin ; des bonbons, des petits cochons et des veaux tachetés. Elle regarda d'un air malicieux les grands visages bruns et moustachus, sentant l'alcool et le tabac, puis elle passa délicatement son petit index sur le menton hérissé de Joe et dit : « Voici ma chérie.

Les bohémiens éclatèrent de rire et l'oncle de Marie la serra dans ses bras jusqu'à ce qu'elle crie : « S'il te plaît, ne le fais pas, oncle Joe ! Tu me fais mal." Chacun des amis de Joe lui a donné un sac de bonbons et elle les a embrassés tout autour, même si elle n'aimait pas beaucoup les bonbons champêtres. C'était peut-être pour cela qu'elle pensait à Emil. "Laissez-moi tomber, oncle Joe", dit-elle, "je veux donner un peu de mes bonbons à ce gentil petit garçon que j'ai trouvé." Elle se dirigea gracieusement vers Emil, suivie par ses vigoureux admirateurs, qui formèrent un nouveau cercle et taquinèrent le petit garçon jusqu'à ce qu'il cache son visage dans les jupes de sa sœur, et elle dut le gronder parce qu'il était un si bébé.

Les gens de la ferme se préparaient à rentrer chez eux. Les femmes vérifiaient leurs courses et épinglaient sur leur tête leurs grands châles rouges. Les hommes achetaient du tabac et des bonbons avec l'argent qui leur restait, se montraient des bottes et des gants neufs et des chemises de flanelle bleue. Trois grands bohémiens buvaient de l'alcool brut, teinté d'huile de cannelle. On disait que cela fortifiait efficacement contre le froid, et ils se claquaient les lèvres après chaque bouffée. Leur volubilité couvrait tous les autres bruits de l'endroit, et le magasin surchauffé résonnait de leur langage fougueux qui empestait la fumée de pipe, les lainages humides et le kérosène.

Carl entra, vêtu de son pardessus et portant une boîte en bois avec une poignée en laiton. "Viens," dit-il, "j'ai nourri et abreuvé votre équipe, et le chariot est prêt." Il emporta Emil et le coucha dans la paille du wagon . La chaleur avait endormi le petit garçon, mais il s'accrochait toujours à son chaton.

"Tu as été terriblement doué pour grimper si haut et récupérer mon chaton, Carl. Quand je serai grand , je grimperai et je leur chercherai des chatons pour les petits garçons, » murmura-t-il somnolent. Avant que les chevaux n'aient franchi la première colline, Emil et son chat dormaient tous les deux profondément.

Même s'il n'était que quatre heures, la journée d'hiver s'estompait. La route menait vers le sud-ouest, vers la traînée de lumière pâle et aqueuse qui scintillait dans le ciel plombé. La lumière tombait sur les deux jeunes visages tristes qui étaient tournés vers elle, muets : sur les yeux de la jeune fille, qui semblait regarder l'avenir avec une perplexité si angoissée ; sur les yeux sombres du garçon, qui semblait déjà regarder vers le passé. La petite ville derrière eux avait disparu comme si elle n'avait jamais existé, s'était laissée emporter par la houle de la prairie, et le pays austère et gelé les avait accueillis dans son sein. Les fermes étaient peu nombreuses et éloignées les unes des autres ; çà et là, un moulin à vent décharné sur le ciel, une maison en terre tapie dans un creux. Mais le plus grand fait était la terre elle-même, qui semblait submerger les petits débuts de la société humaine qui luttait dans ses sombres déserts. C'était à cause de cette immense dureté que la bouche du garçon était devenue si amère ; parce qu'il estimait que les hommes étaient trop faibles pour laisser une trace ici, que la terre voulait être laissée tranquille, pour conserver sa propre force féroce, sa beauté particulière et sauvage, sa tristesse ininterrompue.

Le chariot cahotait sur la route gelée. Les deux amis avaient moins à se dire que d'habitude, comme si le froid avait pénétré jusqu'à leur cœur.

"Est-ce que Lou et Oscar sont allés au Bleu pour couper du bois aujourd'hui ?" » demanda Carl.

"Oui. Je suis presque désolé de les avoir laissés partir, il fait si froid. Mais maman s'inquiète si le bois commence à manquer. Elle s'arrêta et posa la main sur son front, repoussant ses cheveux. « Je ne sais pas ce que nous allons devenir, Carl, si notre père doit mourir. Je n'ose pas y penser. J'aimerais que nous puissions tous l'accompagner et laisser l'herbe repousser sur tout.

Carl ne répondit rien. Juste devant eux se trouvait le cimetière norvégien, où l'herbe avait en effet repoussé sur tout, hirsute et rouge, cachant même le grillage. Carl réalisa qu'il n'était pas un compagnon très utile, mais il ne pouvait rien dire.

« Bien sûr, poursuivit Alexandra en raffermissant un peu sa voix, les garçons sont forts et travaillent dur, mais nous avons toujours tellement dépendu de notre père que je ne vois pas comment nous pourrions avancer. J'ai presque l'impression qu'il n'y a rien à faire.

« Est-ce que ton père est au courant ?

«Oui, je pense que oui. Il ment et compte sur ses doigts toute la journée. Je pense qu'il essaie de compter ce qu'il nous laisse. C'est un réconfort pour lui que mes poules puissent pondre malgré le froid et rapporter un peu d'argent. J'aimerais que nous puissions le distraire de ce genre de choses, mais je n'ai pas beaucoup de temps pour être avec lui maintenant.

"Je me demande s'il aimerait que j'apporte ma lanterne magique un soir ?"

Alexandra tourna son visage vers lui. « Ah, Carl ! Est-ce que tu l'as?"

"Oui. Il est là-bas, dans la paille. N'as-tu pas remarqué la boîte que je portais ? Je l'ai essayé toute la matinée dans la cave de la pharmacie, et ça a très bien fonctionné, ça fait de belles et grandes images.

"De quoi s'agit-il?"

« Oh, des images de chasse en Allemagne, et Robinson Crusoé et des images amusantes sur les cannibales. Je vais peindre quelques diapositives sur verre, tirées du livre de Hans Andersen.

Alexandra semblait réellement réjouie. Il reste souvent une bonne partie de l'enfant chez les personnes qui ont dû grandir trop tôt. « Apportez-le, Carl. J'ai hâte de le voir et je suis sûr que cela plaira à mon père. Les images sont-elles colorées ? Alors je sais qu'il les aimera. Il aime les calendriers que je lui achète en ville. J'aimerais pouvoir en obtenir plus. Vous devez me laisser ici, n'est-ce pas ? C'était agréable d'avoir de la compagnie.

Carl arrêta les chevaux et regarda le ciel noir d'un air dubitatif. « Il fait assez sombre. Bien sûr, les chevaux vous ramèneront à la maison, mais je pense que je ferais mieux d'allumer votre lanterne, au cas où vous en auriez besoin.

Il lui donna les rênes et remonta dans le wagon-box, où il s'accroupit et fit une tente de son pardessus. Après une douzaine d'essais, il réussit à allumer la lanterne qu'il plaça devant Alexandra, la recouvrant à moitié d'une couverture pour que la lumière ne brille pas dans ses yeux. « Maintenant, attendez que je trouve ma boîte. Oui c'est ici. Bonne nuit, Alexandra. Essayez de ne pas vous inquiéter. Carl sauta au sol et s'enfuit à travers champs en direction de la ferme Linstrum . « Hou , hou -ooo ! » » rappela-t-il alors qu'il disparaissait au-dessus d'une crête et tombait dans un ravin de sable. Le vent lui répondit comme un écho : « Hoo , hoo -ooooo ! » Alexandra est partie seule. Le crépitement de son chariot se perdait dans le hurlement du vent, mais sa lanterne, fermement tenue entre ses pieds, dessinait un point lumineux mouvant le long de la route, s'enfonçant de plus en plus profondément dans la campagne obscure.

II

Sur l'une des crêtes de ces étendues hivernales se dressait la maison basse en rondins dans laquelle John Bergson mourait. La ferme Bergson était plus facile à trouver que beaucoup d'autres, car elle surplombait le ruisseau Norway, un ruisseau peu profond et boueux qui coulait parfois, et parfois s'arrêtait, au fond d'un ravin sinueux aux parois abruptes et en pente, envahi par les broussailles, les peupliers et les forêts naines. cendre. Ce ruisseau donnait une sorte d'identité aux fermes qui le bordaient. De toutes les choses déconcertantes concernant un nouveau pays, l'absence de repères humains est l'une des plus déprimantes et des plus décourageantes. Les maisons du Divide étaient petites et généralement nichées dans des endroits bas ; vous ne les avez vus que lorsque vous les avez rencontrés directement. La plupart d'entre eux étaient construits avec le gazon lui-même et n'étaient que le sol incontournable sous une autre forme. Les routes n'étaient que de légères traces dans l'herbe et les champs étaient à peine visibles. Le témoignage de la charrue était insignifiant, comme les faibles rayures sur la pierre laissées par les races préhistoriques, si indéterminées qu'elles pourraient, après tout, n'être que les marques des glaciers, et non le témoignage des efforts humains.

En onze longues années, John Bergson n'avait fait que peu d'impression sur les terres sauvages qu'il était parvenu à apprivoiser. C'était encore une chose sauvage qui avait ses humeurs laides ; et personne ne savait quand ils viendraient probablement, ni pourquoi. Le malheur planait dessus. Son génie était hostile à l'homme. Le malade ressentait cela alors qu'il regardait par la fenêtre, après que le médecin l'ait quitté, le lendemain du voyage d'Alexandra en ville. Il était là, devant sa porte, sur la même terre, sur les mêmes kilomètres couleur plomb. Il connaissait chaque crête, chaque creux et chaque ravin qui le séparait de l'horizon. Au sud, ses champs labourés ; à l'est, les étables en tourbe, le corral à bétail, l' étang, — et puis l'herbe.

Bergson repensait à ce qui l'avait retenu. Un hiver, son bétail avait péri dans une tempête de neige. L'été suivant, l'un de ses chevaux de charrue s'est cassé la jambe dans un trou de chien de prairie et a dû être abattu. Un autre été, il perdit ses porcs à cause du choléra et un précieux étalon mourut d'une morsure de serpent à sonnette. À maintes reprises, ses récoltes avaient échoué. Il avait perdu deux enfants, des garçons, entre Lou et Emil, et cela avait coûté la maladie et la mort. Maintenant qu'il avait enfin réussi à se libérer de ses dettes, il allait mourir lui-même. Il n'avait que quarante-six ans et, bien entendu, il comptait sur plus de temps.

Bergson avait passé ses cinq premières années sur le Divide à s'endetter, et les six dernières à s'en sortir. Il avait remboursé ses hypothèques et avait terminé à peu près là où il avait commencé, avec la terre. Il possédait exactement six cent quarante acres de ce qui s'étendait devant sa porte ; sa propre ferme d'origine et ses concessions forestières, faisant trois cent vingt acres, et la demi-section attenante, la ferme d'un jeune frère qui avait abandonné le combat, était retourné à Chicago pour travailler dans une boulangerie chic et se distinguait dans un Club d'athlétisme suédois. Jusqu'à présent, Jean n'avait pas tenté de cultiver la deuxième moitié de la parcelle, mais l'utilisait comme pâturage, et l'un de ses fils y montait des troupeaux en plein air.

John Bergson avait la conviction du Vieux Monde que la terre, en soi, est désirable. Mais cette terre était une énigme. C'était comme un cheval que personne ne sait comment atteler, qui se déchaîne et met les choses en pièces. Il avait l'idée que personne ne comprenait comment l'exploiter correctement, et il en discutait souvent avec Alexandra. Leurs voisins en savaient certainement encore moins que lui sur l'agriculture. Beaucoup d'entre eux n'avaient jamais travaillé dans une ferme avant de s'installer dans leur ferme. Ils avaient été *ouvriers* à la maison ; tailleurs, serruriers, menuisiers, fabricants de cigares, etc. Bergson lui-même avait travaillé dans un chantier naval.

Depuis des semaines, John Bergson réfléchissait à ces choses-là. Son lit se trouvait dans le salon, à côté de la cuisine. Pendant la journée, pendant qu'on cuisinait, qu'on lavait et qu'on repassait, le père restait allongé et levait les yeux vers les poutres du toit qu'il avait lui-même taillées, ou vers le bétail dans l'enclos. Il comptait le bétail encore et encore. Cela l'a détourné de spéculer sur le poids que chacun des bœufs prendrait probablement d'ici le printemps. Il appelait souvent sa fille pour lui en parler. Avant qu'Alexandra ait douze ans, elle avait commencé à lui être d'une grande aide et, à mesure qu'elle grandissait, il en était venu à compter de plus en plus sur son ingéniosité et son bon jugement. Ses garçons étaient assez disposés à travailler, mais quand il leur parlait, ils l'irritaient généralement. C'était Alexandra qui lisait les journaux et suivait les marchés, et qui apprenait des erreurs de ses voisins. C'était Alexandra qui savait toujours ce qu'il en coûtait pour engraisser chaque bœuf, et qui pouvait deviner le poids d'un porc avant qu'il n'apparaisse sur la balance, plus près que John Bergson lui-même. Lou et Oscar étaient travailleurs, mais il n'a jamais pu leur apprendre à utiliser leur tête pour leur travail.

Alexandra, se disait souvent son père, était comme son grand-père ; c'était sa manière de dire qu'elle était intelligente. Le père de John Bergson était un constructeur naval, un homme doté d'une force considérable et d'une certaine fortune. Plus tard dans sa vie, il épousa une seconde fois une femme de Stockholm au caractère douteux, beaucoup plus jeune que lui, qui l'incitait à toutes sortes d'extravagances. De la part du constructeur naval, ce mariage était un engouement, la folie désespérée d'un homme puissant qui ne supporte pas de vieillir. En quelques années, sa femme sans principes a altéré la probité de toute une vie. Il spécula, perdit sa propre fortune et les fonds que lui avaient confiés les pauvres marins, et mourut en disgrâce, ne laissant rien à ses enfants. Mais en fin de compte, il était lui-même sorti de la mer, avait monté une fière petite entreprise sans autre capital que son talent et sa clairvoyance, et avait prouvé qu'il était un homme. John Bergson reconnaissait chez sa fille la force de volonté et la manière simple et directe de penser les choses qui avaient caractérisé son père dans ses jours meilleurs. Il aurait bien sûr préféré voir cette ressemblance chez l'un de ses fils, mais ce n'était pas une question de choix. Alors qu'il restait là jour après jour , il devait accepter la situation telle qu'elle était et être reconnaissant qu'il y ait un parmi ses enfants à qui il pouvait confier l'avenir de sa famille et les possibilités de sa terre durement gagnée.

Le crépuscule hivernal s'estompait. Le malade entendit sa femme allumer une allumette dans la cuisine et la lumière d'une lampe brillait à travers les fentes de la porte. Cela ressemblait à une lumière qui brillait au loin. Il se retourna péniblement dans son lit et regarda ses mains blanches, sans travail. Il était prêt à abandonner, il le sentait. Il ne savait pas comment cela était arrivé, mais il était tout à fait disposé à s'enfoncer profondément sous ses champs et à se reposer là où la charrue ne pouvait pas le trouver. Il en avait marre de faire des erreurs. Il se contentait de laisser l'enchevêtrement entre d'autres mains ; il pensait aux plus forts de son Alexandra.

« *Dotter* », appela-t-il faiblement, « *dotter !* » Il entendit son pas rapide et vit sa grande silhouette apparaître dans l'embrasure de la porte, avec la lumière de la lampe derrière elle. Il sentit sa jeunesse et sa force, avec quelle facilité elle bougeait, se baissait et se soulevait. Mais il ne l'aurait pas eu à nouveau s'il avait pu, pas lui ! Il connaissait trop bien la fin pour vouloir recommencer. Il savait où tout cela allait, ce que tout cela devenait.

Sa fille est venue et l'a soulevé sur ses oreillers. Elle l'appelait par un vieux nom suédois qu'elle avait l'habitude de lui donner quand elle était petite et lui apportait son dîner au chantier naval.

« Dites aux garçons de venir ici, ma fille. Je veux leur parler.

« Ils nourrissent les chevaux, père. Ils reviennent tout juste des Bleues. Dois-je les appeler ?

Il soupira. "Non non. Attends qu'ils entrent. Alexandra, tu devras faire de ton mieux pour tes frères. Tout viendra sur vous.

"Je ferai tout ce que je peux, père."

« Ne les laissez pas se décourager et partir comme oncle Otto. Je veux qu'ils gardent la terre.

« Nous le ferons, père. Nous ne perdrons jamais la terre.

Il y eut un bruit de pas lourds dans la cuisine. Alexandra se dirigea vers la porte et fit signe à ses frères, deux solides garçons de dix-sept et dix-neuf ans. Ils entrèrent et se placèrent au pied du lit. Leur père les regardait d'un air scrutateur, même s'il faisait trop sombre pour voir leurs visages ; c'étaient exactement les mêmes garçons, se dit-il, il ne s'était pas trompé sur ce point. La tête carrée et les épaules lourdes appartenaient à Oscar, l'aîné. Le plus jeune était plus rapide, mais hésitant.

« Les garçons, dit le père avec lassitude, je veux que vous gardiez la terre ensemble et que vous soyez guidés par votre sœur. Je lui parle depuis que je suis malade et elle connaît tous mes souhaits. Je ne veux pas de querelles entre mes enfants, et tant qu'il y a une maison, il doit y avoir un seul chef. Alexandra est l'aînée et elle connaît mes souhaits. Elle fera de son mieux. Si elle fait des erreurs, elle n'en fera pas autant que moi. Lorsque vous vous mariez et souhaitez avoir votre propre maison, la terre sera partagée équitablement, selon les tribunaux. Mais au cours des prochaines années, vous aurez du mal et vous devrez rester tous ensemble. Alexandra fera de son mieux.

Oscar, qui était habituellement le dernier à parler, répondit parce qu'il était le plus âgé : « Oui, père. Il en serait ainsi de toute façon, sans que vous parliez. Nous travaillerons tous ensemble.

« Et vous serez guidés par votre sœur, les garçons, et serez de bons frères pour elle et de bons fils pour votre mère ? C'est bon. Et Alexandra ne doit plus travailler aux champs. Ce n'est plus nécessaire maintenant. Embauchez un homme lorsque vous avez besoin d'aide. Avec ses œufs et son beurre, elle peut gagner bien plus que le salaire d'un homme. C'était une de mes erreurs de ne pas l'avoir découvert plus tôt. Essayez de défricher un peu plus de terrain chaque année ; le maïs en plaques est bon pour le fourrage. Continuez à retourner la terre et mettez toujours plus de foin que nécessaire. N'en voulez pas à votre mère de consacrer un peu de temps à labourer son jardin et à planter des arbres fruitiers, même si cela arrive pendant une saison chargée. Elle a été une bonne mère pour vous et le vieux pays lui a toujours manqué.

Lorsqu'ils retournèrent à la cuisine, les garçons s'assirent silencieusement à table. Tout au long du repas, ils baissaient les yeux sur leurs assiettes et ne levaient pas leurs yeux rouges. Ils ne mangeaient pas beaucoup, bien qu'ils aient travaillé toute la journée dans le froid, et il y avait un lapin cuit en sauce pour le dîner et des tartes aux pruneaux.

John Bergson s'était marié sous lui, mais il avait épousé une bonne femme au foyer. Mme Bergson était une femme au teint clair, corpulente, lourde et placide comme son fils Oscar, mais elle avait quelque chose de confortable ; c'était peut-être son propre amour du confort. Pendant onze ans, elle s'était efforcée dignement de maintenir un semblant d'ordre domestique dans des conditions qui rendaient l'ordre très difficile. L'habitude était très forte chez

Mme Bergson, et ses efforts incessants pour répéter la routine de son ancienne vie dans un nouvel environnement avaient beaucoup contribué à empêcher la famille de se désintégrer moralement et de devenir insouciante dans ses manières. Les Bergson avaient une maison en rondins, par exemple, uniquement parce que Mme Bergson ne voulait pas vivre dans une maison en terre. Le régime alimentaire à base de poisson de son propre pays lui manquait et, deux fois par été, elle envoyait les garçons à la rivière, à vingt milles au sud, pour pêcher le chat de rivière. Quand les enfants étaient petits , elle les chargeait tous dans le chariot, le bébé dans son berceau, et allait elle-même à la pêche.

Alexandra disait souvent que si sa mère était envoyée sur une île déserte, elle remercierait Dieu pour sa délivrance, ferait un jardin et trouverait quelque chose à préserver. Conserver était presque une manie chez Mme Bergson. Aussi grosse qu'elle soit, elle parcourait les berges broussailleuses de Norway Creek à la recherche de raisins de renard et de prunes d'oie, comme une créature sauvage à la recherche de proies. Elle faisait une confiture jaune avec les fades cerises de terre qui poussaient dans la prairie, en l'aromatisant d'écorces de citron ; et elle a fait une confiture sombre et collante de tomates du jardin. Elle avait même fait des expériences avec les pois de bufflonne, et elle ne pouvait pas en voir une belle grappe de bronze sans secouer la tête et murmurer : « Quel dommage ! Lorsqu'il n'y eut plus rien à conserver, elle se mit à mariner. La quantité de sucre qu'elle utilisait dans ces processus constituait parfois une lourde perte pour les ressources familiales. C'était une bonne mère, mais elle était heureuse lorsque ses enfants étaient assez grands pour ne pas la gêner dans la cuisine. Elle n'avait jamais tout à fait pardonné à John Bergson de l'avoir amenée au bout du monde ; mais, maintenant qu'elle était là, elle voulait qu'on la laisse tranquille pour reconstruire autant que possible son ancienne vie. Elle pourrait encore trouver un peu de réconfort dans le monde si elle avait du bacon dans la grotte, des bocaux en verre sur les étagères et des feuilles dans la presse. Elle désapprouvait tous ses voisins à cause de leur ménage négligé, et les femmes la trouvaient très fière. Un jour, alors que Mme Bergson, alors qu'elle se rendait à Norwegian Creek, s'est arrêtée pour voir la vieille Mme Lee, la vieille femme s'est cachée dans la faucheuse « de peur que Mis' Bergson ne l'attrape pieds nus ».

III

Un dimanche après-midi de juillet, six mois après la mort de John Bergson, Carl était assis sur le seuil de la cuisine Linstrum , rêvant devant un journal illustré, lorsqu'il entendit le bruit d'un chariot le long de la route de la colline. Levant les yeux, il reconnut l' équipage des Bergson , qui disposaient de deux sièges dans le wagon, ce qui signifiait qu'ils partaient pour une excursion d'agrément. Oscar et Lou, sur le siège avant, portaient leurs chapeaux et manteaux en tissu, jamais portés sauf le dimanche, et Emil, sur le deuxième siège avec Alexandra, était assis fièrement dans son nouveau pantalon, confectionné avec une paire de ceux de son père, et un pantalon rose . - chemise à rayures, avec un large col volanté. Oscar arrêta les chevaux et fit signe à Carl, qui prit son chapeau et courut à travers le champ de melons pour les rejoindre.

"Tu veux venir avec nous?" Lou a appelé. "Nous allons chez Crazy Ivar's pour acheter un hamac."

"Bien sûr." Carl accourut haletant et, grimpant sur le volant, s'assit à côté d'Emil. « J'ai toujours voulu voir l'étang d'Ivar . On dit que c'est le plus grand de tout le pays. N'as-tu pas peur d'aller chez Ivar avec cette nouvelle chemise, Emil ? Il pourrait le vouloir et vous l'enlever.

Émile sourit. « J'aurais terriblement peur d'y aller, » a-t-il admis, « si vous, les grands, n'étiez pas là pour prendre soin de moi. L'as-tu déjà entendu hurler, Carl ? Les gens disent parfois qu'il parcourt le pays en hurlant la nuit parce qu'il a peur que le Seigneur le détruise. Mère pense qu'il a dû faire quelque chose d'horrible.

Lou se retourna et fit un clin d'œil à Carl. « Que ferais-tu, Emil, si tu étais seul dans la prairie et que tu le voyais arriver ? »

Émile le regarda. "Peut-être que je pourrais me cacher dans un trou de blaireau", suggéra-t-il dubitatif.

— Mais supposons qu'il n'y ait pas de trou de blaireau, insista Lou. « Voudriez-vous courir ?

"Non, j'aurais trop peur pour courir", avoua tristement Emil en se tordant les doigts. "Je suppose que je m'asseyais par terre et disais mes prières."

Les grands rirent et Oscar brandit son fouet sur le large dos des chevaux.

"Il ne te ferait pas de mal, Emil", dit Carl d'un ton persuasif. « Il est venu soigner notre jument quand elle a mangé du maïs vert et qu'elle a enflé presque aussi gros que le réservoir d'eau. Il l'a caressée comme vous le faites avec vos chats. Je ne comprenais pas grand-chose de ce qu'il disait, car il ne parlait pas anglais, mais il n'arrêtait pas de la tapoter et de gémir comme s'il souffrait lui-même, et de dire : " Voilà, ma sœur, c'est plus facile, c'est mieux ! "

Lou et Oscar ont ri, et Emil a ri de ravissement et a regardé sa sœur.

"Je ne pense pas qu'il connaisse quoi que ce soit en médecine", dit Oscar avec mépris. « On dit que lorsque les chevaux souffrent de la maladie de Carré, il prend lui-même les médicaments, puis il prie pour les chevaux. »

Alexandra prit la parole. « C'est ce que disaient les Corbeaux, mais il a quand même guéri leurs chevaux. Certains jours, son esprit est trouble. Mais si vous parvenez à l'attraper par temps clair, vous pouvez apprendre beaucoup de lui. Il comprend les animaux. Ne l'ai-je pas vu enlever la corne de la vache de Berquist alors qu'elle l'avait arrachée et qu'elle était devenue folle ? Elle déchirait partout, se cognait contre les objets. Et finalement elle a couru sur le toit de la vieille pirogue et ses jambes ont traversé et elle est restée là en beuglant. Ivar est arrivé en courant avec son sac blanc, et au moment où il est arrivé vers elle, elle s'est tue et l'a laissé couper sa corne et badigeonner l'endroit de goudron.

Emil observait sa sœur, son visage reflétant les souffrances de la vache. « Et puis, ça ne lui faisait plus mal ? Il a demandé.

Alexandra le tapota. « Non, plus maintenant. Et dans deux jours, ils pourraient à nouveau utiliser son lait.

La route menant à la propriété d'Ivar était très mauvaise. Il s'était installé dans la campagne rude de l'autre côté de la frontière du comté, où ne vivaient que quelques Russes, une demi-douzaine de familles qui habitaient ensemble dans une longue maison, divisées comme des casernes. Ivar avait expliqué son choix en disant que moins il avait de voisins, moins il était tenté. Néanmoins, si l'on considère que sa principale activité était la médecine équestre, il semblait plutôt myope de sa part de vivre dans l'endroit le plus inaccessible qu'il puisse trouver. Le chariot Bergson avançait en vacillant sur les buttes escarpées et les talus d'herbe, suivait le fond des passages sinueux ou longeait le bord de larges lagons, où les coréopsis dorés poussaient sur l'eau claire et où les canards sauvages s'élevaient avec un bruissement d'ailes.

Lou s'occupait d'eux, impuissant. — De toute façon, j'aurais aimé apporter mon arme, Alexandra, dit-il avec inquiétude. "J'aurais pu le cacher sous la paille au fond du chariot."

« Alors nous aurions dû mentir à Ivar. En plus, on dit qu'il sent les oiseaux morts. Et s'il le savait, on n'en tirerait rien, pas même un hamac. Je veux lui parler, et il ne dira pas de bon sens s'il est en colère. Cela le rend stupide.

Lou renifla. « Quiconque a entendu parler de lui parlant raisonnablement, en tout cas ! Je préfère manger des canards pour le dîner plutôt que la langue de Crazy Ivar.

Émile était alarmé. « Oh, mais, Lou, tu ne veux pas le mettre en colère ! Il pourrait hurler ! »

Ils rirent tous de nouveau et Oscar poussa les chevaux sur le côté en ruine d'un talus d'argile. Ils avaient laissé derrière eux les lagons et les herbes rouges. Dans le pays de Crazy Ivar, l'herbe était courte et grise, les dépressions plus profondes que dans le quartier des Bergson , et le terrain était tout divisé en collines et en crêtes argileuses. Les fleurs sauvages disparurent, et ce n'est qu'au fond des ruisseaux et des ravins que poussèrent quelques-unes des plus coriaces et des plus résistantes : le lacet, l'ironweed et la neige sur la montagne.

"Regarde, regarde, Emil, voilà le grand étang d'Ivar !" Alexandra désigna une nappe d'eau brillante qui se trouvait au fond d'un bassin peu profond. À une extrémité de l'étang se trouvait un barrage en terre, planté de saules verts, et au-dessus, une porte et une unique fenêtre donnaient sur le flanc de la colline. Vous ne les auriez pas vus du tout sans le reflet de la lumière du soleil sur les quatre carreaux de la fenêtre. Et c'est tout ce que vous avez vu. Pas un hangar, pas un corral, pas un puits, pas même un sentier creusé dans l'herbe frisée. Sans le morceau de tuyau de poêle rouillé qui dépassait du gazon, vous auriez pu marcher sur le toit de la maison d'Ivar sans rêver que vous étiez à proximité d'une habitation humaine. Ivar avait vécu trois ans dans le talus d'argile, sans souiller la face de la nature pas plus que ne l'avait fait le coyote qui y avait vécu avant lui.

Lorsque les Bergson traversèrent la colline, Ivar était assis sur le seuil de sa maison et lisait la Bible norvégienne. C'était un vieil homme aux formes étranges, avec un corps épais et puissant reposant sur de courtes jambes arquées. Ses cheveux blancs et hirsutes, tombant en une épaisse crinière autour de ses joues rouges, le faisaient paraître plus vieux qu'il ne l'était en réalité. Il était pieds nus, mais il portait une chemise propre en coton écru, ouverte au niveau du cou. Il mettait toujours une chemise propre le dimanche matin, même s'il n'allait jamais à l'église. Il avait sa propre religion et ne pouvait s'entendre avec aucune des dénominations. Souvent, il ne voyait personne d'une semaine à l'autre. Il tenait un calendrier et cochait chaque matin un jour afin de ne jamais avoir de doute sur le jour de la semaine. Ivar s'est engagé pour le battage et le décorticage du maïs, et il a soigné les animaux malades lorsqu'on l'a appelé. Lorsqu'il était à la maison, il fabriquait des hamacs avec de la ficelle et mémorisait des chapitres de la Bible.

Ivar trouvait du contentement dans la solitude qu'il avait recherchée pour lui-même. Il n'aimait pas les détritus des habitations humaines : la nourriture brisée, les morceaux de porcelaine brisée , les vieilles chaudières et les bouilloires à thé jetées dans le champ de tournesols. Il préférait la propreté et l'ordre du gazon sauvage. Il disait toujours que les blaireaux avaient des maisons plus propres que les autres et que lorsqu'il prendrait une femme de ménage, elle s'appellerait Mme Badger. Il a mieux exprimé sa préférence pour sa ferme sauvage en disant que sa Bible lui semblait plus vraie là-bas. Si l'on se tenait à la porte de sa grotte et regardait la terre accidentée, le ciel souriant, l'herbe frisée blanche sous la chaleur du soleil ; si l'on écoutait le chant ravissant de l'alouette, le tambourinage de la caille, le bruissement de la sauterelle sur ce vaste silence, on comprenait ce qu'Ivar voulait dire.

En ce dimanche après-midi, son visage brillait de bonheur. Il ferma le livre sur ses genoux, gardant la place avec son doigt corné, et répéta doucement :

Il envoie les sources dans les vallées qui coulent parmi les collines ; Ils donnent à boire à toutes les bêtes des champs ; les ânes sauvages étanchent leur soif. Les arbres du Seigneur sont pleins de sève ; les cèdres du Liban qu'il a plantés; Où les oiseaux font leurs nids; quant à la cigogne, les sapins sont sa maison. Les hautes collines sont un refuge pour les chèvres sauvages; et les rochers pour les conies.

Avant d'ouvrir à nouveau sa Bible, Ivar entendit le chariot des Bergson approcher, il se leva d'un bond et courut vers lui.

"Pas d'armes, pas d'armes !" » cria-t-il en agitant distraitement ses bras.

"Non, Ivar, pas d'armes", a appelé Alexandra d'un ton rassurant.

Il laissa tomber ses bras et s'approcha du chariot, souriant aimablement et les regardant de ses yeux bleu pâle.

"Nous voulons acheter un hamac, si tu en as un", explique Alexandra, "et mon petit frère, ici, veut voir ton grand étang, où viennent tant d'oiseaux."

Ivar sourit bêtement et commença à frotter le nez des chevaux et à palper leur bouche derrière les mors. « Il n'y a pas beaucoup d'oiseaux pour le moment. Quelques canards ce matin ; et des bécassines viennent boire. Mais il y a eu une grue la semaine dernière. Elle a passé une nuit et est revenue le lendemain soir. Je ne sais pas pourquoi. Ce n'est pas sa saison, bien sûr. Beaucoup d'entre eux y vont à l'automne. Ensuite, l'étang est plein de voix étranges chaque nuit.

Alexandra traduisit pour Carl, qui avait l'air pensif. « Demande-lui, Alexandra, s'il est vrai qu'une mouette est venue ici une fois. Je l'ai entendu dire.

Elle eut quelques difficultés à faire comprendre au vieil homme.

Il eut d'abord l'air perplexe, puis frappa ses mains l'une contre l'autre en se souvenant. « Ah oui, oui ! Un grand oiseau blanc aux longues ailes et aux pattes roses. Mon! quelle voix elle avait ! Elle est arrivée dans l'après-midi et a continué à voler autour de l'étang et à crier jusqu'à la nuit tombée. Elle avait des ennuis, mais je ne parvenais pas à la comprendre. Elle se dirigeait peut-être vers l'autre océan et ne savait pas jusqu'où il se trouvait. Elle avait peur de ne jamais y arriver. Elle était plus triste que nos oiseaux d'ici ; elle a pleuré dans la nuit. Elle a vu la lumière de ma fenêtre et s'est précipitée vers elle. Peut-être qu'elle pensait que ma maison était un bateau, elle était tellement sauvage. Le lendemain matin, quand le soleil s'est levé, je suis sorti pour lui prendre à manger, mais elle s'est envolée dans le ciel et a continué son chemin. Ivar passa ses doigts dans ses cheveux épais. « J'ai beaucoup d'oiseaux étranges qui s'arrêtent avec moi ici. Ils viennent de très loin et forment une excellente compagnie. J'espère que vous ne tirerez jamais sur les oiseaux sauvages ?

Lou et Oscar sourirent et Ivar secoua sa tête broussailleuse. « Oui, je sais que les garçons sont irréfléchis. Mais ces créatures sauvages sont les oiseaux de Dieu. Il les surveille et les compte, comme nous le faisons pour notre bétail ; Le Christ le dit dans le Nouveau Testament.

« Maintenant, Ivar », a demandé Lou, « pouvons-nous abreuver nos chevaux près de votre étang et leur donner de la nourriture ? C'est une mauvaise route pour arriver chez toi.

"Oui oui ça l'est." Le vieil homme se précipita et commença à détacher les remorqueurs. « Une mauvaise route, hein, les filles ? Et le bai avec un poulain à la maison !

Oscar repoussa le vieil homme. « Nous nous occuperons des chevaux, Ivar. Vous découvrirez des maladies sur eux. Alexandra veut voir tes hamacs.

Ivar conduisit Alexandra et Emil jusqu'à sa petite maison troglodyte. Il n'avait qu'une seule pièce, soigneusement plâtrée et blanchie à la chaux, et il y avait un parquet en bois. Il y avait une cuisinière, une table recouverte de toile cirée, deux chaises, une horloge, un calendrier, quelques livres sur la tablette de la fenêtre ; rien de plus. Mais l'endroit était aussi propre qu'un placard.

« Mais où dors-tu, Ivar ? » demanda Emil en regardant autour de lui.

Ivar détacha un hamac d'un crochet accroché au mur ; on y roulait une robe de buffle. « Voilà, mon fils. Un hamac est un bon lit, et en hiver je m'enveloppe dans cette peau. Là où je vais travailler, les lits ne sont pas aussi simples que ça.

A cette époque, Emil avait perdu toute sa timidité. Il pensait qu'une grotte était un type de maison très supérieur. Il y avait quelque chose d'agréablement inhabituel dans cette histoire et chez Ivar. « Les oiseaux savent-ils que tu seras gentil avec eux, Ivar ? Est-ce pour cela que tant de gens viennent ? Il a demandé.

Ivar s'assit par terre et replia ses pieds sous lui. « Tu vois, petit frère, ils viennent de loin et ils sont très fatigués. De là-haut où ils volent, notre pays paraît sombre et plat. Ils doivent avoir de l'eau pour boire et se baigner avant de pouvoir poursuivre leur voyage. Ils regardent ici et là, et bien au-dessous d'eux, ils voient quelque chose qui brille, comme un morceau de verre encastré dans la terre sombre. C'est mon étang. Ils y viennent et ne sont pas dérangés. Peut-être que je saupoudre un peu de maïs. Ils le disent aux autres oiseaux, et l'année prochaine, d'autres viendront par ici. Ils ont leurs routes là-haut, comme nous en avons ici.

Emil se frotta pensivement les genoux. « Et est-ce vrai, Ivar, que les canards de tête reculent lorsqu'ils sont fatigués et que les canards de derrière prennent leur place ?

"Oui. C'est la pointe du coin qui en prend le pire ; ils ont coupé le vent. Ils ne peuvent rester là que peu de temps, une demi-heure peut-être. Puis ils retombent et le coin se fend un peu, tandis que ceux de l'arrière remontent du milieu vers l'avant. Puis il se referme et ils continuent leur vol, avec un nouvel avantage. Ils changent toujours comme ça, dans les airs. Jamais aucune confusion ; tout comme les soldats qui ont été entraînés.

Alexandra avait choisi son hamac au moment où les garçons sortirent de l'étang. Ils n'entraient pas, mais s'asseyaient à l'ombre de la berge pendant qu'Alexandra et Ivar parlaient des oiseaux et de son ménage, et pourquoi il ne mangeait jamais de viande, fraîche ou salée.

Alexandra était assise sur l'une des chaises en bois, les bras posés sur la table. Ivar était assise par terre à ses pieds. « Ivar », dit-elle soudain en commençant à tracer avec son index le motif sur la toile cirée, « je suis venue aujourd'hui plus parce que je voulais te parler que parce que je voulais acheter un hamac.

"Oui?" Le vieil homme s'est gratté les pieds nus sur le plancher de planches.

« Nous avons une grosse bande de porcs, Ivar. Je ne vendrais pas au printemps, alors que tout le monde me le conseillait, et maintenant il y a tellement de gens qui perdent leurs porcs que j'ai peur. Ce qui peut être fait?"

Les petits yeux d'Ivar commencèrent à briller. Ils ont perdu leur flou.

« Vous leur donnez à manger des eaux grasses et des trucs du genre ? Bien sûr! Et le lait caillé ? Oh oui! Et les garder dans un enclos puant ? Je vous le dis, ma sœur, les porcs de ce pays sont mis à rude épreuve ! Ils deviennent impurs, comme les porcs de la Bible. Si vous gardiez vos poules ainsi, que se passerait-il ? Vous avez peut-être un petit champ de sorgho ? Mettez une clôture autour et rentrez les porcs. Construisez un hangar pour leur donner de l'ombre, un toit de chaume sur des poteaux. Laissez les garçons leur apporter de l'eau dans des barils, de l'eau propre et en abondance. Retirez-les du vieux terrain puant et ne les laissez pas y retourner avant l'hiver. Donnez-leur uniquement du grain et de la nourriture propre, comme vous en donneriez à des chevaux ou du bétail. Les porcs n'aiment pas être sales.

Les garçons devant la porte écoutaient. Lou donna un coup de coude à son frère. « Venez, les chevaux ont fini de manger. Attelons-nous et sortons d'ici. Il la remplira de notions. La prochaine fois, elle sera favorable à ce que les cochons dorment avec nous.

Oscar grogna et se leva. Carl, qui ne comprenait pas ce que disait Ivar, vit que les deux garçons étaient mécontents. Travailler dur ne les dérangeait pas, mais ils détestaient les expériences et ne voyaient jamais l'utilité de se donner du mal. Même Lou, qui était plus élastique que son frère aîné, n'aimait pas faire autre chose que ses voisins. Il pensait que cela les rendait visibles et donnait aux gens l'occasion d'en parler.

Une fois sur le chemin du retour, les garçons oublièrent leur mauvaise humeur et plaisantèrent sur Ivar et ses oiseaux. Alexandra n'a proposé aucune réforme concernant la garde des cochons et ils espéraient qu'elle avait oublié le discours d'Ivar. Ils s'accordèrent sur le fait qu'il était plus fou que jamais et qu'il ne pourrait jamais se montrer sur ses terres parce qu'il les travaillait si peu. Alexandra a décidé en privé qu'elle en parlerait avec Ivar et l'exciterait. Les garçons ont persuadé Carl de rester dîner et d'aller nager dans l'étang du pâturage après la tombée de la nuit.

Ce soir-là, après avoir lavé la vaisselle du dîner, Alexandra s'assit sur le seuil de la cuisine, pendant que sa mère préparait le pain. C'était une nuit d'été calme et profonde, pleine de l'odeur des champs de foin. Des rires et des éclaboussures montaient du pâturage, et quand la lune se levait rapidement au-dessus du bord nu de la prairie, l'étang brillait comme du métal poli, et elle pouvait voir l'éclair des corps blancs tandis que les garçons couraient sur le bord, ou sauté dans l'eau. Alexandra regardait rêveusement la piscine scintillante, mais finalement ses yeux se tournèrent vers le champ de sorgho au sud de la grange, où elle envisageait de construire son nouveau corral à cochons.

IV

Pendant les trois premières années qui suivirent la mort de John Bergson, les affaires de sa famille prospérèrent. Puis sont venus les temps difficiles qui ont amené tous les habitants de la Division au bord du désespoir ; trois années de sécheresse et d'échec, la dernière lutte d'un sol sauvage contre le soc envahissant. Les garçons Bergson supportèrent courageusement le premier de ces étés infructueux. L'échec de la récolte de maïs a rendu la main-d'œuvre bon marché. Lou et Oscar ont embauché deux hommes et ont récolté des récoltes plus importantes que jamais. Ils ont perdu tout ce qu'ils dépensaient. Le pays tout entier était découragé. Les agriculteurs déjà endettés ont dû abandonner leurs terres. Quelques saisies ont démoralisé le comté. Les colons s'asseyaient sur les trottoirs en bois de la petite ville et se disaient que le pays n'avait jamais été fait pour que les hommes y vivent ; la chose à faire était de retourner dans l'Iowa, dans l'Illinois, dans n'importe quel endroit qui s'était révélé habitable. Les garçons Bergson auraient certainement été plus heureux avec leur oncle Otto, dans la boulangerie de Chicago. Comme la plupart de leurs voisins, ils étaient censés suivre des sentiers déjà tracés pour eux, et non ouvrir des sentiers dans un nouveau pays. Un travail stable, quelques vacances, rien à penser, et ils auraient été très heureux. Ce n'était pas de leur faute s'ils avaient été entraînés dans le désert lorsqu'ils étaient petits garçons. Un pionnier doit avoir de l'imagination, être capable d'apprécier l'idée des choses plus que les choses elles-mêmes.

Le deuxième de ces étés stériles passait. Un après-midi de septembre, Alexandra s'était rendue au jardin de l'autre côté du barrage pour cueillir des patates douces : elles avaient prospéré grâce à un temps fatal à tout le reste. Mais lorsque Carl Linstrum est venu la chercher dans les jardins, elle ne travaillait pas. Elle était debout, perdue dans ses pensées, appuyée sur sa fourche, sa casquette posée à côté d'elle sur le sol. Le jardin sec sentait la vigne en train de sécher et était parsemé de concombres jaunes, de citrouilles et de citrons. À une extrémité, à côté de la rhubarbe, poussaient des asperges plumeuses, aux fruits rouges. Au milieu du jardin se trouvait une rangée de groseilliers et de groseilliers. Quelques zénias et soucis coriaces et une rangée de sauge écarlate témoignaient des seaux d'eau que Mme Bergson y avait emportés après le coucher du soleil, contre l'interdiction de ses fils. Carl remonta doucement et lentement l'allée du jardin, regardant attentivement Alexandra. Elle ne l'a pas entendu. Elle se tenait parfaitement immobile, avec cette aisance sérieuse qui la caractérisait. Ses tresses épaisses et rougeâtres, enroulées autour de sa tête, brûlaient assez au soleil. L'air était suffisamment frais pour rendre la chaleur du soleil agréable sur le dos et les épaules, et si clair que l'œil pouvait suivre un faucon de haut en haut, dans les profondeurs bleues flamboyantes du ciel. Même Carl, un garçon jamais très joyeux et considérablement assombri par ces deux dernières années amères, aimait le pays dans des jours comme celui-ci, sentait en sortir quelque chose de fort, de jeune et de sauvage, qui riait de l'inquiétude.

«Alexandra», dit-il en s'approchant d'elle, «je veux te parler. Asseyons-nous près des groseilliers. Il ramassa son sac de pommes de terre et ils traversèrent le jardin. « Les garçons sont partis en ville ? » » demanda-t-il en s'enfonçant sur la terre chaude et brûlée par le soleil . "Eh bien, nous avons enfin pris notre décision, Alexandra. Nous partons vraiment.

Elle le regarda comme si elle avait un peu peur. « Vraiment, Carl ? Est-ce réglé ?

« Oui, mon père a eu des nouvelles de Saint-Louis et on lui rendra son ancien travail dans la fabrique de cigares. Il doit être là pour le premier novembre. Ils recrutent alors de nouveaux hommes. Nous vendrons l'endroit pour tout ce que nous pouvons obtenir et mettrons le stock aux enchères. Nous n'en avons pas assez à expédier. Je vais y apprendre la gravure avec un graveur allemand, puis essayer de trouver du travail à Chicago.

Les mains d'Alexandra tombèrent sur ses genoux. Ses yeux devinrent rêveurs et remplis de larmes.

La lèvre inférieure sensible de Carl tremblait. Il gratta la terre molle à côté de lui avec un bâton. "C'est tout ce que je déteste, Alexandra," dit-il lentement. « Tu as été à nos côtés pendant tant de choses et tu as aidé mon père tant de fois, et maintenant il semble que nous nous enfuyions et te laissons affronter le pire. Mais ce n'est pas comme si nous pouvions vraiment vous aider. Nous ne sommes qu'un frein de plus, une chose de plus dont vous faites attention et dont vous vous sentez responsable. Père n'a jamais été fait pour être agriculteur, tu le sais. Et je déteste ça. Nous ne ferions que nous enfoncer de plus en plus profondément.

"Oui, oui, Carl, je sais. Vous gâchez votre vie ici. Vous êtes capable de faire de bien meilleures choses. Tu as presque dix-neuf ans maintenant, et je ne te laisserais pas rester. J'ai toujours espéré que tu t'en sortirais. Mais je ne peux m'empêcher d'avoir peur quand je pense à quel point tu vas me manquer, plus que tu ne le sauras jamais. Elle essuya les larmes de ses joues, sans essayer de les cacher.

"Mais, Alexandra," dit-il tristement et avec nostalgie, "je ne t'ai jamais vraiment aidé, à part parfois essayer de garder les garçons de bonne humeur."

Alexandra sourit et secoua la tête. « Oh, ce n'est pas ça. Rien de semblable à ça. C'est en me comprenant, moi, mes garçons et ma mère, que tu m'as aidé. Je pense que c'est la seule façon pour une personne de vraiment en aider une autre. Je pense que tu es à peu près le seul à m'avoir aidé. D'une manière ou d'une autre, il faudra plus de courage pour supporter votre départ que tout ce qui s'est passé auparavant.

Carl regarda le sol. « Tu vois, nous avons tous tellement dépendu de toi, dit-il, même mon père. Il me fait rire. Quand quelque chose arrive , il dit toujours : « Je me demande ce que les Bergson vont faire à ce sujet ? Je suppose que je vais aller lui demander. Je n'oublierai jamais cette fois où nous sommes arrivés ici pour la première fois, et notre cheval avait des coliques, et j'ai couru chez toi - ton père était absent, et tu es rentré à la maison avec moi et tu as montré à père comment laisser le vent s'échapper. le cheval. Vous n'étiez alors qu'une petite fille, mais vous en saviez bien plus sur le travail agricole que votre pauvre père. Vous vous souvenez à quel point j'avais le mal du pays et quelles longues discussions nous avions en venant de l'école ? D'une manière ou d'une autre, nous avons toujours ressenti la même chose à propos des choses.

"Oui c'est ça; nous avons aimé les mêmes choses et nous les avons aimées ensemble, sans que personne d'autre ne le sache. Et nous avons passé de bons moments, à chasser les arbres de Noël, à chasser les canards et à faire notre vin de prune ensemble chaque année. Nous n'avons jamais eu d'autre ami proche ni l'un ni l'autre. Et maintenant... Alexandra s'essuya les yeux avec le coin de son tablier, et maintenant je dois me rappeler que tu vas là où tu auras de nombreux amis et où tu trouveras le travail pour lequel tu es censé faire. Mais tu m'écriras, Carl ? Cela signifiera beaucoup pour moi ici.

« J'écrirai tant que je vivrai », s'écria impétueusement le garçon. « Et je travaillerai pour toi autant que pour moi, Alexandra. Je veux faire quelque chose que vous aimerez et dont vous serez fier. Je suis un imbécile ici, mais je sais que je peux faire quelque chose ! Il s'assit et fronça les sourcils en regardant l'herbe rouge.

Alexandra soupira. « Comme les garçons seront découragés lorsqu'ils l'apprendront. De toute façon, ils reviennent toujours de la ville découragés. Tant de gens essaient de quitter le pays, et ils parlent à nos garçons et les rendent déprimés. J'ai peur qu'ils commencent à se sentir durs envers moi parce que je n'écoute pas les discussions sur mon départ. Parfois, j'ai l'impression d'en avoir assez de défendre ce pays.

"Je ne le dirai pas encore aux garçons, si vous préférez ne pas le faire."

« Oh ! je leur dirai moi-même ce soir, quand ils rentreront à la maison. De toute façon, ils parleront sauvagement, et il ne sert à rien de garder de mauvaises nouvelles. C'est plus dur pour eux que pour moi. Lou veut se marier, le pauvre garçon, et il ne le pourra pas tant que les temps ne seront pas meilleurs. Tu vois, voilà le soleil, Carl. Je dois rentrer. Maman voudra ses pommes de terre. Il fait déjà froid, dès que la lumière s'éteint.

Alexandra se leva et regarda autour d'elle. Une lueur dorée palpitait à l'ouest, mais le pays paraissait déjà vide et triste. Une masse sombre en mouvement arriva sur la colline ouest, le garçon Lee ramenait le troupeau de l'autre moitié de la section. Emil a couru du moulin à vent pour ouvrir la porte du corral.

Depuis la maison en rondins, sur la petite colline traversant le tirage, la fumée s'enroulait en volutes. Le bétail beuglait et beuglait. Dans le ciel, la pâle demi-lune s'argentait lentement. Alexandra et Carl marchaient ensemble dans les rangées de pommes de terre. « Je dois continuer à me dire ce qui va se passer », dit-elle doucement. « Depuis que tu es ici, dix ans maintenant, je n'ai jamais vraiment été seul. Mais je me souviens de ce que c'était avant. Désormais, je n'aurai plus qu'Emil. Mais c'est mon garçon et il a un cœur tendre.

Ce soir-là, quand les garçons furent appelés pour le dîner, ils s'assirent d'un air maussade. Ils avaient porté leurs manteaux en ville, mais ils mangeaient avec leurs chemises rayées et leurs bretelles. Ils étaient désormais des hommes adultes et, comme le disait Alexandra, ces dernières années, ils devenaient de plus en plus semblables à eux-mêmes. Lou était toujours le plus menu des deux, le plus rapide et le plus intelligent, mais il avait tendance à partir à mi-hauteur. Il avait un œil bleu vif, une peau fine et claire (toujours rouge brûlé jusqu'au tour de cou de sa chemise en été), des cheveux raides et jaunes qui ne tombaient pas sur sa tête, et une petite moustache jaune et hérissée, dont il était très fier. Oscar ne pouvait pas se laisser pousser la moustache ; son visage pâle était nu comme un œuf et ses sourcils blancs lui donnaient un air vide. C'était un homme au corps puissant et à l'endurance inhabituelle ; le genre d'homme que l'on pourrait attacher à une décortiqueuse de maïs comme on le ferait à un moteur. Il le ferait tourner toute la journée, sans se presser, sans ralentir. Mais il était aussi indolent d'esprit qu'il ne ménageait pas son corps. Son amour de la routine équivalait à un vice. Il travaillait comme un insecte, faisant toujours la même chose de la même manière, que ce soit le mieux ou non. Il estimait qu'il y avait une vertu souveraine dans le simple labeur corporel, et il aimait plutôt faire les choses de la manière la plus dure. Si un champ avait autrefois été cultivé en maïs, il ne supporterait pas de le cultiver en blé. Il aimait commencer ses semis de maïs à la même période chaque année, que la saison soit en avance ou en arrière. Il semblait sentir que, par sa régularité irréprochable, il se justifierait et réprouverait le temps. Lorsque la récolte de blé a échoué, il a battu la paille à perte pour démontrer le peu de grain qu'il y avait et ainsi prouver son cas contre la Providence.

Lou, en revanche, était difficile et volage ; j'avais toujours prévu d'accomplir deux jours de travail en une seule et je n'accomplissais souvent que les choses les moins importantes. Il aimait entretenir la maison, mais il ne se livrait jamais à de petits travaux jusqu'à ce qu'il doive négliger des travaux plus urgents pour s'en occuper. Au milieu de la récolte du blé, lorsque le grain était trop mûr et que tout le monde était nécessaire, il s'arrêtait pour réparer les clôtures ou pour réparer les harnais ; puis foncez sur le terrain, travaillez trop et restez au lit pendant une semaine. Les deux garçons se sont équilibrés et se sont bien entendus. Ils étaient de bons amis depuis qu'ils étaient enfants. L'un allait rarement quelque part, même en ville, sans l'autre.

Ce soir-là, après s'être mis à table pour dîner, Oscar a continué à regarder Lou comme s'il s'attendait à ce qu'il dise quelque chose, et Lou a cligné des yeux et a froncé les sourcils devant son assiette. Ce fut Alexandra elle-même qui ouvrit enfin la discussion.

« Les Linstrum , dit-elle calmement en posant une autre assiette de biscuits chauds sur la table, retournent à Saint-Louis. Le vieil homme va à nouveau travailler dans la fabrique de cigares.

Là-dessus, Lou plongea. « Tu vois, Alexandra, tous ceux qui peuvent ramper s'en vont. Cela ne sert à rien d'essayer de tenir le coup, juste d'être têtus. Il y a quelque chose à savoir quand arrêter.

"Où veux-tu aller, Lou?"

"N'importe quel endroit où les choses vont grandir", dit Oscar d'un ton sombre.

Lou attrapa une pomme de terre. "Chris Arnson a troqué sa demi-section contre une place sur la rivière."

« Avec qui a-t-il fait du commerce ? »

"Charley Fuller, en ville."

« Fuller, l'homme de l'immobilier ? Tu vois, Lou, que Fuller a une tête sur lui. Il achète et échange chaque parcelle de terre qu'il peut acquérir ici. Cela fera de lui un homme riche, un jour.»

"Il est riche maintenant, c'est pourquoi il peut tenter sa chance."

« Pourquoi pas nous ? Nous vivrons plus longtemps que lui. Un jour, la terre elle-même vaudra plus que tout ce que nous pourrons jamais y récolter.

Lou a ri. « Cela pourrait en valoir la peine, mais cela ne vaut toujours pas grand-chose. Eh bien, Alexandra, tu ne sais pas de quoi tu parles. Notre place n'apporterait pas aujourd'hui ce qu'elle apporterait il y a six ans. Les gars qui se sont installés ici ont juste fait une erreur. Maintenant, ils commencent à comprendre que ces hautes terres n'ont jamais été destinées à la culture de rien, et que tous ceux qui ne sont pas destinés à faire paître le bétail essaient de s'en sortir en rampant. C'est trop haut pour cultiver ici. Tous les Américains sont dépecés. Cet homme, Percy Adams, au nord de la ville, m'a dit qu'il allait laisser Fuller prendre ses terres et ses affaires pour quatre cents dollars et un billet pour Chicago.

"Il y a encore Fuller!" s'exclama Alexandra. «J'aimerais que cet homme me prenne pour partenaire. Il plume son nid ! Si seulement les pauvres pouvaient apprendre un peu des riches ! Mais tous ces gars qui s'enfuient sont de mauvais fermiers, comme le pauvre M. Linstrum . Ils ne parvenaient pas à progresser, même dans les bonnes années, et ils se sont tous endettés pendant que leur père sortait de sa prison. Je pense que nous devrions tenir le plus longtemps possible à cause de mon père. Il était tellement déterminé à garder cette terre. Il a dû vivre des moments plus difficiles que celui-ci, ici. Comment c'était au début, maman ?

Mme Bergson pleurait doucement. Ces discussions familiales la déprimaient toujours et lui rappelaient tout ce dont elle avait été arrachée. « Je ne vois pas pourquoi les garçons s'en prennent toujours à l'idée de partir », dit-elle en s'essuyant les yeux. « Je ne veux plus déménager ; peut-être dans un endroit brut, où nous serions dans une situation pire qu'ici, et tout recommencer. Je ne bougerai pas ! Si vous autres partez, je demanderai à certains voisins de m'accueillir, de rester et d'être enterré par mon père. Je ne vais pas le laisser seul dans la prairie, laissé écraser par le bétail. Elle se mit à pleurer encore plus amèrement.

Les garçons avaient l'air en colère. Alexandra posa une main apaisante sur l'épaule de sa mère. « Cela ne fait aucun doute, maman. Vous n'êtes pas obligé d'y aller si vous ne le souhaitez pas. Un tiers des lieux vous appartient selon la loi américaine, et nous ne pouvons pas vendre sans votre accord. Nous voulons seulement que vous nous informiez. Comment c'était quand vous et votre père êtes arrivés pour la première fois ? Était-ce vraiment aussi grave que ça, ou pas ?

« Ah, pire ! Bien pire », gémit Mme Bergson. « Drouth, les punaises , la grêle, tout ! Mon jardin tout coupé en morceaux comme de la choucroute. Pas de raisins sur le ruisseau, rien du tout. Les gens vivaient tous comme des coyotes.

Oscar se leva et sortit de la cuisine. Lou le suivit. Ils estimaient qu'Alexandra avait tiré un avantage injuste en leur livrant leur mère. Le lendemain matin, ils étaient silencieux et réservés. Ils ne proposèrent pas d'emmener les femmes à l'église, mais descendirent à la grange immédiatement après le petit-déjeuner et y restèrent toute la journée. Lorsque Carl Linstrum est arrivé dans l'après-midi, Alexandra lui a fait un clin d'œil et lui a montré la grange. Il la comprit et descendit jouer aux cartes avec les garçons. Ils pensaient que c'était une très mauvaise chose à faire le dimanche, et cela a soulagé leurs sentiments.

Alexandra est restée dans la maison. Le dimanche après-midi, Mme Bergson faisait toujours une sieste et Alexandra lisait. Pendant la semaine, elle ne lisait que le journal, mais le dimanche et pendant les longues soirées d'hiver, elle lisait beaucoup ; lire quelques choses plusieurs fois. Elle connaissait par cœur de longues portions de la « Saga Frithjof » et, comme la plupart des Suédois qui lisaient, elle aimait les vers de Longfellow, les ballades, la « Légende dorée » et « L'étudiant espagnol ». Aujourd'hui, elle était assise dans le fauteuil à bascule en bois, la Bible suédoise ouverte sur ses genoux, mais elle ne lisait pas. Elle regardait pensivement l'endroit où la route des hautes terres disparaissait au-dessus de la prairie. Son corps était dans une attitude de repos parfait, comme il était porté à le prendre lorsqu'elle réfléchissait sérieusement. Son esprit était lent, véridique et inébranlable. Elle n'avait pas la moindre étincelle d'intelligence.

Tout l'après-midi, le salon fut plein de calme et de soleil. Emil fabriquait des pièges à lapins dans la remise de la cuisine. Les poules gloussaient et grattaient des trous bruns dans les parterres de fleurs, et le vent taquinait la plume du prince près de la porte.

Ce soir-là, Carl entra avec les garçons pour dîner.

« Emil, » dit Alexandra, quand ils furent tous assis à table, « ça te dirait de partir en voyage ? Parce que je vais faire un voyage, et tu peux venir avec moi si tu veux.

Les garçons levèrent les yeux avec étonnement ; ils avaient toujours peur des projets d'Alexandra. Carl était intéressé.

« J'ai pensé, les garçons, poursuivit-elle, que peut-être je suis trop réticente à faire un changement. Demain, je vais emmener Brigham et le chariot et me rendre au bord des rivières et passer quelques jours à examiner ce qu'ils ont là-bas. Si je trouve quelque chose de bon, vous pouvez y aller et faire un échange.

"Personne là-bas n'échangera quoi que ce soit ici", dit Oscar d'un ton sombre.

« C'est exactement ce que je veux découvrir. Peut-être qu'ils sont tout aussi mécontents là-bas que nous le sommes ici. Les choses loin de chez soi semblent souvent meilleures qu'elles ne le sont. Vous savez ce que dit votre livre de Hans Andersen, Carl, à propos des Suédois qui aiment acheter du pain danois et des Danois qui aiment acheter du pain suédois, parce que les gens pensent toujours que le pain d'un autre pays est meilleur que le leur. Quoi qu'il en soit, j'ai tellement entendu parler des fermes fluviales que je ne serai satisfait que lorsque je l'aurai vu par moi-même.

Lou s'agitait. "Attention! N'acceptez rien. Ne les laissez pas vous tromper.

Lou avait lui-même tendance à se laisser berner. Il n'avait pas encore appris à se tenir à l'écart des chariots de jeux de coquillages qui suivaient le cirque.

Après le dîner, Lou a mis une cravate et a traversé les champs pour courtiser Annie Lee, et Carl et Oscar se sont assis pour jouer aux dames, tandis qu'Alexandra lisait à haute voix « The Swiss Family Robinson » à sa mère et à Emil. Il ne fallut pas longtemps avant que les deux garçons attablés négligent leur jeu pour écouter. Ils étaient tous de grands enfants ensemble et ils trouvaient les aventures de la famille dans la cabane dans les arbres si captivantes qu'ils leur accordaient toute leur attention.

V

Alexandra et Emil ont passé cinq jours parmi les fermes fluviales, montant et descendant la vallée. Alexandra a parlé aux hommes de leurs récoltes et aux femmes de leurs volailles. Elle a passé une journée entière avec un jeune agriculteur qui était à l'école et qui expérimentait une nouvelle sorte de foin de trèfle. Elle a beaucoup appris. Pendant qu'ils roulaient, elle et Emil parlaient et planifiaient. Enfin, le sixième jour, Alexandra tourna la tête de Brigham vers le nord et laissa la rivière derrière elle.

« Il n'y a rien pour nous là-bas, Emil. Il existe quelques belles fermes, mais elles appartiennent aux hommes riches de la ville et ne peuvent être achetées. La majeure partie du territoire est accidentée et vallonnée. Ils peuvent toujours se débrouiller là-bas, mais ils ne peuvent jamais faire quelque chose de grand. Là-bas, ils ont un peu de certitude, mais chez nous, il y a une grande chance. Nous devons avoir confiance dans les hautes terres, Emil. Je veux tenir le coup plus fort que jamais, et quand tu seras un homme, tu me remercieras. Elle poussa Brigham à avancer.

Lorsque la route commença à gravir les premières longues vagues du Divide, Alexandra fredonna un vieil hymne suédois, et Emil se demanda pourquoi sa sœur avait l'air si heureuse. Son visage était si radieux qu'il hésitait à lui demander. Pour la première fois peut-être depuis que cette terre a émergé des eaux des âges géologiques, un visage humain s'est tourné vers elle avec amour et désir. Cela lui paraissait beau, riche, fort et glorieux. Ses yeux en burent l'ampleur, jusqu'à ce que ses larmes l'aveuglent. Alors le Génie de la Division, le grand esprit libre qui respire à travers elle, a dû s'être plié plus bas qu'il ne s'est jamais plié à une volonté humaine auparavant. L'histoire de chaque pays commence dans le cœur d'un homme ou d'une femme.

Alexandra est rentrée chez elle dans l'après-midi. Ce soir-là, elle tint un conseil de famille et raconta à ses frères tout ce qu'elle avait vu et entendu.

« Je veux que vous, les garçons, alliez vous-mêmes et examiniez tout cela. Rien ne vous convaincra mieux que de voir de vos propres yeux. Les terres fluviales ont été colonisées avant cela, ils ont donc quelques années d'avance sur nous et ont appris davantage sur l'agriculture. Le terrain se vend trois fois plus cher, mais dans cinq ans nous le doublerons. Les hommes riches de là-bas possèdent les meilleures terres et achètent tout ce qu'ils peuvent obtenir. Il s'agit de vendre notre bétail et le peu de maïs que nous possédons, et d'acheter la propriété Linstrum . Ensuite, la prochaine chose à faire est de contracter deux emprunts sur nos demi-sections et d'acheter la maison de Peter Crow ; récolter chaque dollar que nous pouvons et acheter chaque acre que nous pouvons.

« Hypothéquer encore la propriété ? Lou a pleuré. Il se releva d'un bond et commença à remonter furieusement l'horloge. « Je ne travaillerai pas pour rembourser une autre hypothèque. Je ne le ferai jamais. Tu ferais mieux de nous tuer tous, Alexandra, pour réaliser un plan !

Oscar frotta son front haut et pâle. « Comment proposez-vous de rembourser vos hypothèques ? »

Alexandra les regarda tour à tour et se mordit la lèvre. Ils ne l'avaient jamais vue aussi nerveuse. «Regarde ici», dit-elle enfin. « Nous empruntons de l'argent pour six ans. Eh bien, avec l'argent, nous achetons une demi-section à Linstrum , une moitié à Crow et un quart à Struble, peut-être. Cela nous donnera plus de quatorze cents acres, n'est-ce pas ? Vous n'aurez pas à rembourser votre hypothèque avant six ans. À ce moment-là, n'importe laquelle de ces terres vaudra trente dollars l'acre – elle en vaudra cinquante, mais nous dirons trente ; alors vous pouvez vendre un terrain de jardin n'importe où et rembourser une dette de seize cents dollars. Ce n'est pas le capital qui m'inquiète, ce sont les intérêts et les impôts. Nous devrons faire des efforts pour faire face aux paiements. Mais aussi certainement que nous sommes assis ici ce soir, nous pourrons nous asseoir ici dans dix ans, propriétaires fonciers indépendants, et non plus agriculteurs en difficulté. L'opportunité que mon père recherchait toujours est arrivée.

Lou faisait les cent pas dans la pièce. « Mais comment *savez -vous* que le terrain va augmenter suffisamment pour payer les hypothèques et… »

« Et en plus, nous rend riches ? » Alexandra a répondu fermement. « Je ne peux pas expliquer ça, Lou. Vous devrez me croire sur parole. Je *sais* , c'est tout. Lorsque vous parcourez le pays en voiture, vous pouvez le sentir venir.

Oscar était assis, la tête baissée, les mains pendantes entre ses genoux. « Mais nous ne pouvons pas exploiter autant de terres », dit-il d'une voix sourde, comme s'il se parlait à lui-même. « Nous ne pouvons même pas essayer. Il resterait là et nous nous tuerions au travail. Il soupira et posa son poing calleux sur la table.

Les yeux d'Alexandra se remplirent de larmes. Elle posa la main sur son épaule. « Pauvre garçon, tu n'auras pas à travailler. Les hommes de la ville qui achètent les terres des autres n'essaient pas de les cultiver. Ce sont les hommes à surveiller, dans un nouveau pays. Essayons de faire comme les plus malins, et non comme ces idiots. Je ne veux pas que vous ayez toujours à travailler comme ça. Je veux que tu sois indépendant et qu'Emil aille à l'école.

Lou tenait sa tête comme si elle se fendait. « Tout le monde dira que nous sommes fous. Ça doit être fou, sinon tout le monde le ferait.

« S'ils l'étaient, nous n'aurions pas beaucoup de chance. Non, Lou, j'en parlais avec le jeune homme malin qui élève le trèfle d'une nouvelle espèce. Il dit que la bonne chose est généralement ce que tout le monde ne fait pas. Pourquoi sommes-nous mieux réparés que n'importe lequel de nos voisins ?

Parce que mon père avait plus de cervelle. Notre peuple était meilleur que celui du vieux pays. Nous *devrions* faire plus qu'eux et voir plus loin. Oui, maman, je vais débarrasser la table maintenant.

Alexandra se leva. Les garçons allèrent à l'écurie pour s'occuper du bétail, et ils restèrent longtemps absents. Quand ils revinrent, Lou joua de son *dragharmonika* et Oscar resta assis toute la soirée à jouer avec la secrétaire de son père. Ils ne dirent rien de plus sur le projet d'Alexandra, mais elle était désormais sûre qu'ils y consentiraient. Juste avant de se coucher, Oscar sortit chercher un seau d'eau. Comme il ne revenait pas, Alexandra se jeta un châle sur la tête et courut sur le chemin jusqu'au moulin à vent. Elle le trouva assis là, la tête dans les mains, et elle s'assit à côté de lui.

"Ne fais rien que tu ne veux pas faire, Oscar," murmura-t-elle. Elle attendit un moment, mais il ne bougea pas. « Je n'en dirai pas plus, si vous préférez ne pas le faire. Qu'est-ce qui vous décourage autant ?

"J'ai peur de signer mon nom sur ces morceaux de papier", dit-il lentement. « Tout au long de mon enfance, nous avions une hypothèque qui pesait sur nous. »

« Alors n'en signez pas. Je ne veux pas que tu le fasses, si tu ressens cela.

Oscar secoua la tête. « Non, je vois qu'il y a une chance de cette façon. J'y ai pensé il y a longtemps. Nous sommes si profondément plongés maintenant, autant aller plus loin. Mais c'est un travail difficile de se désendetter. C'est comme sortir une batteuse de la boue ; te casse le dos. Lou et moi avons travaillé dur, et je ne vois pas que cela nous ait fait beaucoup avancer.

« Personne ne le sait aussi bien que moi, Oscar. C'est pourquoi je veux essayer une méthode plus simple. Je ne veux pas que vous ayez à payer pour chaque dollar.

"Oui je sais ce que vous voulez dire. Peut-être que ça s'en sortira bien. Mais signer des papiers, c'est signer des papiers. Il n'y a pas de peut-être à ce sujet. Il prit son seau et remonta péniblement le chemin menant à la maison.

Alexandra resserra son châle autour d'elle et resta appuyée contre la charpente du moulin, regardant les étoiles qui brillaient si vivement dans l'air glacial de l'automne. Elle aimait toujours les observer, penser à leur immensité et à leur distance, ainsi qu'à leur marche ordonnée. Cela l'a fortifiée pour réfléchir aux grandes opérations de la nature, et lorsqu'elle pensait à la loi qui les sous-tendait, elle ressentait un sentiment de sécurité personnelle. Cette nuit-là, elle eut une nouvelle conscience du pays et ressentit une relation presque nouvelle avec lui. Même sa conversation avec les garçons n'avait pas effacé le sentiment qui l'avait submergée lorsqu'elle était revenue à The Divide cet après-midi. Elle n'avait jamais réalisé à quel point ce pays comptait pour elle. Le gazouillis des insectes dans les hautes herbes avait été comme une musique la plus douce. Elle avait eu l'impression que son cœur se cachait là-bas, quelque part, avec les cailles, les pluviers et toutes les petites choses sauvages qui chantaient ou bourdonnaient au soleil. Sous les longues crêtes hirsutes, elle sentait l'avenir s'agiter.

DEUXIEME PARTIE.
CHAMPS VOISINS

je

Cela fait seize ans que John Bergson est mort. Sa femme est maintenant allongée à côté de lui, et le trait blanc qui marque leurs tombes brille à travers les champs de blé. S'il sortait d'en dessous, il ne connaîtrait pas le pays sous lequel il a dormi. Le manteau hirsute de la prairie, qu'ils soulevaient pour lui faire un lit, a disparu à jamais. Du cimetière norvégien, on regarde un vaste damier, délimité par des carrés de blé et de maïs ; clair et obscur, obscur et clair. Les fils téléphoniques bourdonnent le long des routes blanches, toujours à angle droit. Depuis la porte du cimetière, on compte une douzaine de fermes aux peintures gaies ; les girouettes dorées des grandes granges rouges se font des clins d'œil à travers les champs verts, bruns et jaunes. Les moulins à vent en acier léger tremblent dans toute leur charpente et tirent sur leurs amarres, en vibrant au vent qui souffle souvent d'une fin de semaine à l'autre sur cette étendue de pays élevée, active et résolue.

La Division est désormais densément peuplée. Le sol riche donne de lourdes récoltes ; le climat sec et vivifiant et la douceur du terrain facilitent le travail des hommes et des bêtes. Il y a peu de scènes plus agréables qu'un labour de printemps dans ce pays, où les sillons d'un seul champ s'étendent souvent sur un mile de longueur, et où la terre brune, avec une odeur si forte et propre, et une telle puissance de croissance et de fertilité dans il se livre avec empressement à la charrue ; s'éloigne de la cisaille, sans même atténuer l'éclat du métal, avec un doux et profond soupir de bonheur. La coupe du blé dure parfois toute la nuit comme toute la journée, et dans les bonnes saisons, il y a à peine assez d'hommes et de chevaux pour faire la récolte. Le grain est si lourd qu'il se plie vers la lame et coupe comme du velours.

Il y a quelque chose de franc, de joyeux et de jeune dans le visage du pays. Elle s'abandonne sans réserve aux humeurs de la saison, sans rien cacher. Comme les plaines de Lombardie, elle semble se lever un peu à la rencontre du soleil. L'air et la terre s'accouplent et se mélangent curieusement, comme si l'un était le souffle de l'autre. Vous ressentez dans l'atmosphère la même qualité tonique et puissante que dans l'herbe, la même force et la même détermination.

Un matin de juin, un jeune homme se tenait à la porte du cimetière norvégien, affûtant sa faux avec des coups inconsciemment synchronisés avec l'air qu'il sifflait. Il portait une casquette en flanelle et un pantalon en canard , et les manches de sa chemise en flanelle blanche étaient retroussées jusqu'au coude. Lorsqu'il fut satisfait du tranchant de sa lame, il glissa la pierre à aiguiser dans sa poche de hanche et commença à balancer sa faux, toujours en sifflant, mais doucement, par respect pour les gens tranquilles qui l'entouraient. Un respect inconscient, probablement, car il semblait concentré sur ses propres pensées et, comme celles du Gladiateur, elles étaient lointaines. C'était une silhouette splendide d'un garçon, grand et droit comme un jeune pin, avec une belle tête et des yeux gris orageux, profondément enfoncés sous un sourcil sérieux. L' espace entre ses deux dents de devant, inhabituellement éloignées l'une de l'autre, lui donnait la maîtrise du sifflement pour laquelle il se distinguait à l'université. (Il a également joué du cornet dans l'orchestre de l'Université.)

Lorsque l'herbe exigeait toute son attention, ou lorsqu'il devait se baisser pour couper une pierre tombale, il s'arrêtait dans son air vif, - la chanson "Jewel", - la reprenant là où il l'avait laissé lorsque sa faux se libérait. encore. Il ne pensait pas aux pionniers fatigués sur lesquels brillait sa lame. Il se souvient à peine du vieux pays sauvage, de la lutte dans laquelle sa sœur était destinée à réussir alors que tant d'hommes leur brisaient le cœur et mouraient. Tout cela fait partie des choses sombres de l'enfance et a été oublié dans le modèle plus brillant que la vie tisse aujourd'hui, dans les faits brillants d'être capitaine de l'équipe d'athlétisme et de détenir le record interétatique du saut en hauteur, dans le monde omniprésent. l'éclat d'avoir vingt et un ans. Pourtant, parfois, pendant les pauses de son travail, le jeune homme fronçait les sourcils et regardait le sol avec une intensité qui suggérait que même vingt et un ans pouvaient avoir des problèmes.

Alors qu'il avait tondu près d'une heure, il entendit le bruit d'une charrette légère sur la route derrière lui. Supposant qu'il s'agissait de sa sœur qui revenait d'une de ses fermes, il continua son travail. La charrette s'arrêta devant la porte et une joyeuse voix de contralto appela : « Presque fini, Emil ? Il laissa tomber sa faux et se dirigea vers la clôture en s'essuyant le visage et le cou avec son mouchoir. Dans la charrette était assise une jeune femme qui portait des gants de conduite et un large chapeau orné de coquelicots rouges. Son visage aussi ressemblait plutôt à un coquelicot, rond et brun, avec des joues et des lèvres riches en couleurs, et ses yeux jaune-brun dansants pétillaient de gaieté. Le vent battait son grand chapeau et taquinait une boucle de ses cheveux châtains. Elle secoua la tête en direction du grand jeune.

« À quelle heure es-tu arrivé ici ? Ce n'est pas vraiment un travail pour un athlète. Ici, je suis allé en ville et je suis revenu. Alexandra te laisse dormir tard. Oh, je sais! La femme de Lou me parlait de la façon dont elle te gâte. J'allais te déposer si tu avais fini. Elle rassembla ses rênes.

« Mais je le serai dans une minute. S'il te plaît, attends-moi, Marie," persuada Emil. « Alexandra m'a envoyé tondre notre terrain, mais j'en ai fait une demi-douzaine d'autres, voyez-vous. Attendez juste que j'en termine les Kourdnas '. D'ailleurs, c'étaient des Bohémiens. Pourquoi ne sont-ils pas dans le cimetière catholique ?

« Libres penseurs », répond laconiquement la jeune femme.

— Beaucoup de garçons bohèmes de l'université le sont, dit Emil en reprenant sa faux. « De toute façon, pourquoi avez-vous brûlé John Huss ?

Il y a eu une terrible polémique. Ils en raffolent encore dans les cours d'histoire.

"Nous recommencerions, la plupart d'entre nous", a déclaré la jeune femme avec chaleur. « Ne vous apprend-on jamais dans vos cours d'histoire que vous seriez tous des Turcs païens s'il n'y avait pas eu les Bohémiens ?

Emil s'était mis à tondre. "Oh, on ne peut nier que vous êtes une petite bande courageuse, vous les Tchèques", répondit-il par-dessus son épaule.

Marie Shabata s'installa sur son siège et observa le mouvement rythmé des longs bras du jeune homme, balançant son pied comme au rythme de l'air qui lui traversait l'esprit. Les minutes passèrent. Emil tondait vigoureusement et Marie restait assise au soleil et regardait tomber les hautes herbes. Elle s'assit avec cette aisance qui appartient aux personnes d'une nature essentiellement heureuse, qui peuvent trouver une place confortable presque partout ; qui sont souples et prompts à s'adapter aux circonstances. Après un dernier bruissement, Emil claqua la porte et sauta dans le chariot, tenant bien sa faux au-dessus du volant. "Voilà," soupira-t-il. «J'ai aussi donné une part à mon vieux Lee. La femme de Lou n'a pas besoin de parler. Je ne vois jamais la faux de Lou ici.

Marie gloussa sur son cheval. "Oh, tu connais Annie!" Elle regarda les bras nus du jeune homme . « Comme tu es brun depuis que tu es rentré à la maison. J'aurais aimé avoir un athlète pour tondre mon verger. Je suis mouillé jusqu'aux genoux quand je descends cueillir des cerises.

« Vous pouvez en avoir un, quand vous le voulez. Mieux vaut attendre qu'il pleuve. Emil plissa les yeux vers l'horizon comme s'il cherchait des nuages.

"Veux-tu? Oh, c'est un bon garçon ! Elle tourna la tête vers lui avec un sourire rapide et éclatant. Il l'a senti plutôt qu'il ne l'a vu. En effet, il avait détourné le regard dans le but de ne pas le voir. « J'ai regardé les vêtements de mariage d'Angélique , poursuivit Marie, et je suis tellement excitée que j'ai hâte d'être à dimanche. Amédée sera un beau marié. Est-ce que quelqu'un d'autre que toi va le soutenir ? Eh bien, ce sera alors une belle fête de mariage. Elle fit une grimace à Emil, qui rougit. « Frank, continua Marie en agitant son cheval, est grincheux parce que j'ai prêté sa selle à Jan Smirka et j'ai très peur qu'il ne m'emmène pas au bal le soir. Peut-être que le dîner le tentera. Tous les parents d'Angélique s'en foutent, ainsi que les vingt cousins d'Amédée . Il y aura des fûts de bière. Si une fois j'emmène Frank au dîner, je veillerai à ce que je reste pour le bal. Et à propos, Emil, tu ne dois danser avec moi qu'une ou deux fois. Il faut danser avec toutes les filles françaises. Cela les blesse si vous ne le faites pas. Ils pensent que tu es fier parce que tu es allé à l'école ou quelque chose comme ça.

Émile renifla. "Comment sais-tu qu'ils pensent ça?"

"Eh bien, tu n'as pas beaucoup dansé avec eux à la soirée de Raoul Marcel, et je pouvais dire comment ils l'ont pris à la façon dont ils te regardaient... et moi."

"Très bien", dit brièvement Emil, étudiant la lame scintillante de sa faux.

Ils se dirigèrent vers l'ouest en direction de Norway Creek et d'une grande maison blanche située sur une colline, à plusieurs kilomètres à travers les champs. Il y avait tellement de hangars et de dépendances regroupés autour que l'endroit ressemblait à un petit village. Un étranger, s'en approchant, ne pouvait s'empêcher de remarquer la beauté et la fécondité des champs éloignés. Il y avait quelque chose d'individuel dans cette grande ferme, une finition et un souci du détail des plus inhabituels. De chaque côté de la route, pendant un kilomètre et demi avant d'atteindre le pied de la colline, se dressaient de hautes haies oranges, dont le vert brillant délimitait les champs jaunes. Au sud de la colline, dans une rigole basse et abritée, entourée d'une haie de mûriers, se trouvait le verger, avec ses arbres fruitiers enfoncés jusqu'aux genoux dans la fléole des prés. N'importe qui dans les environs vous aurait dit que c'était l'une des fermes les plus riches du Divide et que la fermière était une femme, Alexandra Bergson.

Si vous montez la colline et entrez dans la grande maison d'Alexandra, vous constaterez qu'elle est curieusement inachevée et inégale en termes de confort. Une pièce est tapissée, recouverte de moquette et sur-meublée ; le suivant est presque nu. Les pièces les plus agréables de la maison sont la cuisine, où les trois jeunes filles suédoises d'Alexandra bavardent, cuisinent, marinent et conservent tout l'été, et le salon, dans lequel Alexandra a rassemblé les vieux meubles simples que les Bergson utilisaient lors de leur première maison en rondins, les portraits de famille et les quelques objets que sa mère a rapportés de Suède.

Quand vous sortez de la maison pour aller dans le jardin fleuri, vous y ressentez à nouveau l'ordre et la disposition raffinée qui se manifestent partout dans la grande ferme ; dans les clôtures et les haies, dans les brise-vent et les hangars, dans les étangs de pâturage symétriques, plantés de saules broussailleux pour donner de l'ombre au bétail en temps de vol. Il y a même une rangée blanche de ruches dans le verger, sous les noyers. On sent que, proprement, la maison d'Alexandra, c'est le grand extérieur, et que c'est dans le sol qu'elle s'exprime le mieux.

II

Emil arriva chez lui un peu après midi, et lorsqu'il entra dans la cuisine, Alexandra était déjà assise au bout de la longue table, en train de dîner avec ses hommes, comme elle le faisait toujours en dehors des visiteurs. Il se glissa dans sa place vide à la droite de sa sœur. Les trois jolies jeunes Suédoises qui faisaient le ménage d'Alexandra coupaient des tartes, remplissaient des tasses à café , déposaient des plats de pain, de viande et de pommes de terre sur la nappe rouge et se gênaient continuellement entre la table et le poêle. Bien sûr, ils perdaient toujours beaucoup de temps à se gêner mutuellement et à rire des erreurs de chacun. Mais, comme Alexandra l'avait dit ostensiblement à ses belles-sœurs, c'était pour les entendre rire qu'elle gardait trois jeunes choses dans sa cuisine ; le travail qu'elle pourrait faire elle-même, si cela était nécessaire. Ces filles, avec leurs longues lettres de chez elles, leurs atours et leurs amours, lui procuraient beaucoup de divertissements, et elles lui tenaient compagnie quand Emil était à l'école.

Alexandra aime beaucoup la plus jeune fille, Signa, qui a une jolie silhouette, des joues roses tachetées et des cheveux jaunes, bien qu'elle la surveille de près. Signa a tendance à se montrer nerveuse à l'heure des repas, lorsque les hommes sont là, et à renverser le café ou à renverser la crème. On suppose que Nelse Jensen, l'un des six hommes à table, courtise Signa, bien qu'il ait pris tellement soin de ne pas s'engager que personne dans la maison, et encore moins Signa, ne peut dire à quel point le l'affaire a progressé. Nelse la regarde d'un air maussade tandis qu'elle sert à la table, et le soir il s'assoit sur un banc derrière le poêle avec sa DRAGHARMONIKA, jouant des airs tristes et la regardant pendant qu'elle vaque à son travail. Lorsqu'Alexandra a demandé à Signa si elle pensait que Nelse était sérieux, la pauvre enfant a caché ses mains sous son tablier et a murmuré : « Je ne sais pas, madame . Mais il me gronde sur tout, comme s'il voulait m'avoir !

A la gauche d'Alexandra était assis un très vieil homme, pieds nus et vêtu d'une longue blouse bleue ouverte au cou. Sa tête hirsute n'est guère plus blanche qu'il y a seize ans, mais ses petits yeux bleus sont devenus pâles et larmoyants, et sa face rougeaude est flétrie, comme une pomme qui s'est accrochée tout l'hiver à l'arbre. Lorsqu'Ivar a perdu ses terres à cause d'une mauvaise gestion il y a une douzaine d'années, Alexandra l'a accueilli et il fait depuis lors partie de sa maison. Il est trop vieux pour travailler aux champs, mais il attele et détele les équipes de travail et veille à la santé du cheptel. Parfois, un soir d'hiver, Alexandra l'appelle dans le salon pour lui lire à haute voix la Bible, car il lit encore très bien. Il n'aime pas les habitations humaines, alors Alexandra lui a aménagé une chambre dans la grange, où il se sent très à l'aise, près des chevaux et, comme il le dit, loin des tentations. Personne n'a jamais découvert quelles sont ses tentations. Par temps froid, il s'assoit près du feu de la cuisine et fabrique des hamacs ou répare des harnais jusqu'à l'heure d'aller se coucher. Puis il dit longuement ses prières derrière le poêle, enfile son manteau en peau de buffle et sort dans sa chambre dans la grange.

Alexandra elle-même a très peu changé. Sa silhouette est plus ample et elle a plus de couleurs. Elle semble plus ensoleillée et plus vigoureuse qu'elle ne l'était lorsqu'elle était jeune fille. Mais elle a toujours les mêmes manières calmes et délibérées, les mêmes yeux clairs, et elle porte toujours ses cheveux en deux tresses enroulées autour de sa tête. Elle est si bouclée que des pointes enflammées s'échappent des tresses et font ressembler sa tête à l'un des gros tournesols doubles qui bordent son potager. Son visage est toujours bronzé en été, car son bonnet est plus souvent sur son bras que sur sa tête. Mais là où son col s'éloigne de son cou, ou là où ses manches sont repoussées de son poignet, la peau est d'une telle douceur et d'une telle blancheur que seules les femmes suédoises peuvent jamais en posséder ; peau avec la fraîcheur de la neige elle-même.

Alexandra ne parlait pas beaucoup à table, mais elle encourageait ses hommes à parler et elle écoutait toujours attentivement, même lorsqu'ils semblaient parler bêtement.

Aujourd'hui, Barney Flinn, le grand Irlandais roux qui travaillait chez Alexandra depuis cinq ans et qui était en fait son contremaître, bien qu'il n'ait pas de titre, se plaignait du nouveau silo qu'elle avait construit ce printemps-là. Il s'agissait du premier silo du Divide, et les voisins d'Alexandra et ses hommes étaient sceptiques à son sujet. "Bien sûr, si cette chose ne fonctionne pas, nous aurons effectivement beaucoup de nourriture sans elle", concéda Barney.

Nelse Jensen, le sombre prétendant de Signa, avait sa parole. « Lou, il dit qu'il n'aurait pas de silo chez lui si tu le lui donnais. Il dit que l' entrée d'alimentation donne du ballonnement au stock. Il a entendu dire que quelqu'un avait perdu quatre têtes de chevaux en les nourrissant de ce genre de choses.

Alexandra regarda la table tour à tour. « Eh bien, la seule façon de le savoir, c'est d'essayer. Lou et moi avons des conceptions différentes sur l'alimentation du bétail, et c'est une bonne chose. Ce n'est pas bien si tous les membres d'une famille pensent de la même manière. Ils n'arrivent jamais nulle part. Lou peut apprendre de mes erreurs et je peux apprendre des siennes. N'est-ce pas juste, Barney ?

L'Irlandais éclata de rire. Il n'aimait pas Lou, qui était toujours hautain avec lui et qui disait qu'Alexandra payait trop cher. "Je n'ai pas d'autre idée que d'essayer honnêtement, maman. Ce serait tout à fait normal, après avoir investi tant de dépenses. Peut-être qu'Emil viendra voir ça avec moi. Il repoussa sa chaise, ôta son chapeau du clou et partit en compagnie d'Emil, qui, avec ses idées universitaires, était censé être l'instigateur du silo. Les autres mains les suivirent, toutes sauf le vieil Ivar. Il avait été déprimé tout au long du repas et n'avait prêté aucune attention aux discussions des hommes, même lorsqu'ils évoquaient la météorisation des tiges de maïs, sur laquelle il était sûr d'avoir des opinions.

"Voulez-vous me parler, Ivar?" » demanda Alexandra en se levant de table. "Entrez dans le salon."

Le vieil homme suivit Alexandra, mais lorsqu'elle lui fit signe de s'asseoir, il secoua la tête. Elle prit son panier et attendit qu'il parle. Il regardait le tapis, la tête touffue baissée, les mains jointes devant lui. Les jambes bandées d'Ivar semblaient avoir raccourci avec les années, et elles étaient complètement inadaptées à son corps large et épais et à ses lourdes épaules.

"Eh bien, Ivar, qu'est-ce qu'il y a ?" » demanda Alexandra après avoir attendu plus longtemps que d'habitude.

Ivar n'avait jamais appris à parler anglais et son norvégien était pittoresque et grave, comme le langage des gens les plus démodés. Il s'adressait toujours à Alexandra avec le plus profond respect, espérant donner le bon exemple aux filles de cuisine, qu'il jugeait trop familières dans leurs manières.

« Maîtresse, commença-t-il faiblement, sans lever les yeux, les gens me regardent froidement ces derniers temps. Vous savez qu'il y a eu des discussions.

« Tu parles de quoi, Ivar ?

« À propos de mon renvoi ; à l'asile.

Alexandra posa son panier à couture. "Personne ne m'a parlé de tels propos", dit-elle résolument. « Pourquoi as-tu besoin d'écouter ? Vous savez que je ne consentirais jamais à une telle chose.

Ivar leva sa tête hirsute et la regarda avec ses petits yeux. « On dit que vous ne pouvez pas l'empêcher si les gens se plaignent de moi, si vos frères se plaignent aux autorités. On dit que vos frères ont peur, à Dieu ne plaise, que je puisse vous faire du mal lorsque mes sorts sont sur moi. Maîtresse, comment peut- on penser cela ? Que je puisse mordre la main qui m'a nourri ! Les larmes coulaient sur la barbe du vieil homme.

Alexandra fronça les sourcils. « Ivar, je m'étonne que tu viennes me déranger avec de telles absurdités. Je dirige toujours ma propre maison et les autres n'ont rien à voir avec vous ou moi. Tant que je suis d'accord avec toi, il n'y a rien à dire.

Ivar sortit un mouchoir rouge de la poitrine de son chemisier et s'essuya les yeux et la barbe. "Mais je ne voudrais pas que vous me gardiez si, comme on dit, cela est contraire à vos intérêts, et s'il vous est difficile de mettre la main sur moi parce que je suis ici."

Alexandra fit un geste d'impatience, mais le vieillard lui tendit la main et reprit avec sérieux :

« Écoutez, maîtresse, il est juste que vous teniez compte de ces choses. Vous savez que mes sortilèges viennent de Dieu et que je ne ferais de mal à aucun être vivant. Vous croyez que chacun devrait adorer Dieu de la manière qui lui a été révélée. Mais ce n'est pas la voie de ce pays. Ici, tout le monde doit faire de même. Je suis méprisé parce que je ne porte pas de chaussures, parce que je ne me coupe pas les cheveux et parce que j'ai des visions. À la maison, dans le vieux pays, il y en avait beaucoup comme moi, qui avaient été touchés par Dieu, ou qui avaient vu des choses dans le cimetière la nuit et qui étaient différents par la suite. Nous n'y avons pas pensé et les avons laissés tranquilles. Mais ici, si un homme est différent dans ses pieds ou dans sa tête, on le met à l'asile. Regardez Peter Kralik ; quand il était enfant, buvant dans un ruisseau, il avalait un serpent, et toujours après cela il ne pouvait manger que la nourriture que l'animal aimait, car quand il mangeait autre chose, il devenait furieux et le rongeait. Lorsqu'il le sentait monter en lui, il buvait de l'alcool pour l'étourdir et se procurer un peu de réconfort. Il pouvait travailler aussi bien que n'importe quel homme, et il avait la tête claire, mais ils l'ont enfermé parce qu'il était différent dans son estomac. C'est le chemin; ils ont construit un asile pour les gens différents et ils ne nous laissent même pas vivre dans les trous avec les blaireaux. Seule votre grande prospérité m'a protégé jusqu'à présent. Si vous aviez eu de la malchance, ils m'auraient emmené à Hastings depuis longtemps.

Tandis qu'Ivar parlait, sa tristesse s'est dissipée. Alexandra avait découvert qu'elle pouvait souvent rompre ses jeûnes et ses longues pénitences en lui parlant et en le laissant exprimer les pensées qui le troublaient. La sympathie lui clarifiait toujours l'esprit et le ridicule était un poison pour lui.

« Il y a beaucoup de choses dans ce que tu dis, Ivar. Il est probable qu'ils voudront m'emmener à Hastings parce que j'ai construit un silo ; et alors je pourrai t'emmener avec moi. Mais pour le moment, j'ai besoin de toi ici. Seulement, ne revenez plus me dire ce que les gens disent. Laissez les gens parler comme ils veulent, et nous continuerons à vivre comme bon nous semble. Vous êtes avec moi depuis douze ans maintenant, et je vous ai demandé conseil plus souvent que je ne suis jamais allé voir qui que ce soit . Cela devrait vous satisfaire.

Ivar s'inclina humblement. « Oui, maîtresse, je ne vous dérangerai plus avec leur conversation. Et quant à mes pieds, j'ai observé vos souhaits pendant toutes ces années, bien que vous ne m'ayez jamais interrogé ; les laver tous les soirs, même en hiver.

Alexandra rit. "Oh, peu importe tes pieds, Ivar. Nous nous souvenons du temps où la moitié de nos voisins marchaient pieds nus en été. J'imagine que la vieille Mme Lee adorerait parfois enlever ses chaussures, si elle l'osait. Je suis contente de ne pas être la belle-mère de Lou.

Ivar regarda mystérieusement autour de lui et baissa la voix presque jusqu'à murmurer. « Tu sais ce qu'ils ont chez Lou ? Une grande baignoire blanche, comme les abreuvoirs en pierre du vieux pays, pour se laver. Quand tu m'as envoyé avec les fraises, ils étaient tous en ville sauf la vieille femme Lee et le bébé. Elle m'a accueilli et m'a montré la chose, et elle m'a dit qu'il était impossible de se laver proprement dedans, car, dans autant d'eau, on ne pouvait pas faire une forte mousse . Alors , quand ils le remplissent et l'envoient là-bas, elle fait semblant et fait un bruit d'éclaboussure. Puis, quand ils dorment tous, elle se lave dans une petite baignoire en bois qu'elle garde sous son lit.

Alexandra éclata de rire. « Pauvre vieille Mme Lee ! Ils ne la laisseront pas non plus porter de bonnets de nuit. Pas grave; quand elle vient me rendre visite, elle peut faire toutes les vieilles choses à l'ancienne et boire autant de bière qu'elle veut. Nous ouvrirons un asile pour les personnes âgées, Ivar.

Ivar plia soigneusement son grand mouchoir et le remit dans son chemisier. « C'est toujours ainsi, maîtresse. Je viens vers vous avec tristesse et vous me renvoyez le cœur léger. Et aurez-vous la gentillesse de dire à l'Irlandais qu'il ne doit pas travailler avec le hongre brun tant que la plaie sur son épaule n'est pas guérie ?

"Que je vais. Maintenant, va mettre la jument d'Emil dans la charrette. Je vais me rendre dans le quartier nord pour rencontrer l'homme de la ville qui doit acheter mon foin de luzerne.

III

Cependant, Alexandra devait entendre davantage parler du cas d'Ivar. Dimanche, ses frères mariés sont venus dîner. Elle les avait demandés ce jour-là car Emil, qui détestait les fêtes de famille, serait absent et danserait au mariage d' Amédée Chevalier, dans la campagne française. La table était mise pour la compagnie dans la salle à manger, où le bois hautement vernis, le verre coloré et les pièces de porcelaine inutiles étaient suffisamment visibles pour satisfaire aux normes de la nouvelle prospérité. Alexandra s'était confiée au marchand de meubles de Hanovre, et celui-ci avait consciencieusement fait de son mieux pour que sa salle à manger ressemble à sa vitrine. Elle dit franchement qu'elle ne savait rien de ces choses-là et qu'elle acceptait de se laisser gouverner par la conviction générale que plus les objets étaient inutiles et totalement inutilisables, plus grande était leur valeur ornementale. Cela semblait assez raisonnable. Comme elle-même aimait les choses simples, il était d'autant plus nécessaire d'avoir des bocaux, des bols à punch et des bougeoirs dans les locaux de l'entreprise pour les personnes qui les appréciaient. Ses invités aimaient voir autour d'eux ces emblèmes rassurants de prospérité.

La fête de famille était complète, à l'exception d'Emil et de la femme d'Oscar qui, selon l'expression country, « n'allait nulle part pour le moment ». Oscar était assis au pied de la table et ses quatre petits garçons blonds, âgés de douze à cinq ans, étaient rangés d'un côté. Ni Oscar ni Lou n'ont beaucoup changé ; ils ont simplement grandi, comme Alexandra l'a dit à leur sujet il y a longtemps, pour devenir de plus en plus semblables à eux-mêmes. Lou semble maintenant le plus âgé des deux ; son visage est mince et astucieux et ridé autour des yeux, tandis que celui d'Oscar est épais et terne. Cependant, malgré toute sa monotonie, Oscar gagne plus d'argent que son frère, ce qui ajoute à l'acuité et au malaise de Lou et le tente de faire un spectacle. Le problème avec Lou, c'est qu'il est rusé, et ses voisins ont découvert que, comme le dit Ivar, il n'a pas une tête de renard pour rien. La politique étant le domaine naturel de tels talents, il néglige sa ferme pour assister à des congrès et se présenter aux élections du comté.

La femme de Lou, anciennement Annie Lee, ressemble étrangement à son mari. Son visage est devenu plus long, plus net, plus agressif. Elle porte ses cheveux jaunes en pompadour haut et est ornée d'anneaux, de chaînes et d'"épingles de beauté". Ses chaussures serrées et à talons hauts lui donnent une démarche gênante et elle est toujours plus ou moins préoccupée par ses vêtements. Alors qu'elle était assise à table, elle n'arrêtait pas de dire à sa plus jeune fille de « faire attention maintenant et de ne rien laisser tomber sur sa mère ».

La conversation à table était entièrement en anglais. La femme d'Oscar, originaire de la région paludéenne du Missouri, avait honte d'épouser un étranger et ses garçons ne comprennent pas un mot de suédois. Annie et Lou parlent parfois suédois à la maison, mais Annie a presque autant peur de se faire surprendre que sa mère d'être surprise pieds nus. Oscar a toujours un fort accent, mais Lou parle comme n'importe qui de l'Iowa.

« Quand j'étais à Hastings pour assister à la convention, disait-il, j'ai vu le directeur de l'asile et je lui ai parlé des symptômes d'Ivar. Il dit que le cas d'Ivar est l'un des plus dangereux et il est étonnant qu'il n'ait pas commis quelque chose de violent auparavant.

Alexandra rit avec bonne humeur. « Oh, c'est absurde, Lou ! Les médecins nous rendraient tous fous s'ils le pouvaient. Ivar est bizarre, certes, mais il a plus de bon sens que la moitié des employés que j'engage.

Lou s'est envolé vers son poulet frit. "Oh, je suppose que le médecin connaît son affaire, Alexandra. Il a été très surpris quand je lui ai dit que tu supportais Ivar. Il dit qu'il risque de mettre le feu à la grange n'importe quelle nuit, ou de s'en prendre à vous et aux filles avec une hache.

La petite Signa, qui attendait sur la table, rigola et s'enfuit vers la cuisine. Les yeux d'Alexandra pétillèrent. «C'était trop pour Signa, Lou. Nous savons tous qu'Ivar est parfaitement inoffensif. Les filles s'attendraient tout de suite à ce que je les poursuive avec une hache.

Lou rougit et fit signe à sa femme. « Quoi qu'il en soit, les voisins auront bientôt leur mot à dire. Il peut brûler la grange de n'importe qui. Il suffit qu'un seul propriétaire de la commune porte plainte et il sera arrêté de force. Tu ferais mieux de l'envoyer toi-même et de ne pas avoir de rancune.

Alexandra a aidé un de ses petits neveux à préparer la sauce. « Eh bien, Lou, si l'un des voisins tente cela, je me ferai nommer tuteur d'Ivar et je porterai l'affaire devant le tribunal, c'est tout. Je suis parfaitement satisfait de lui.

"Passez les conserves, Lou", dit Annie d'un ton d'avertissement. Elle avait des raisons de ne pas souhaiter que son mari contrarie trop ouvertement Alexandra. "Mais ne détestes-tu pas que les gens le voient par ici, Alexandra ?" » continua-t-elle avec une douceur persuasive. « C'est un objet honteux, et tu es si bien soigné maintenant. Cela rend les gens distants avec vous, car ils ne savent jamais quand ils l'entendront gratter. Mes filles ont peur de lui, n'est-ce pas, Milly, ma chérie ? »

Milly avait quinze ans, grosse, joyeuse et pompadourée, avec un teint crémeux, des dents carrées et blanches et une lèvre supérieure courte. Elle ressemblait à sa grand-mère Bergson et avait sa nature confortable et aimant le confort. Elle sourit à sa tante, avec qui elle était bien plus à l'aise qu'avec sa mère. Alexandra fit un clin d'œil en réponse.

«Milly n'a pas besoin d'avoir peur d'Ivar. Elle est une de ses préférées. À mon avis, Ivar a tout autant droit que nous à sa propre façon de s'habiller et de penser. Mais je veillerai à ce qu'il ne dérange pas les autres. Je le garderai à la maison, alors ne t'inquiète plus pour lui, Lou. Je voulais te poser des questions sur ta nouvelle baignoire. Comment ça marche?"

Annie est venue sur le devant de la scène pour laisser à Lou le temps de se remettre. « Oh, ça marche quelque chose de génial ! Je ne peux pas l'en empêcher. Il se lave désormais trois fois par semaine et utilise toute l'eau chaude. Je pense que c'est affaiblissant de rester aussi longtemps qu'il le fait. Tu devrais en avoir un, Alexandra.

« J'y pense. Je pourrais en installer un dans la grange pour Ivar, si cela peut apaiser les esprits. Mais avant d'avoir une baignoire, je vais acheter un piano pour Milly.

Oscar, au bout de la table, leva les yeux de son assiette. « Qu'est-ce que Milly veut d'un piano ? Quel est le problème avec son organe ? Elle peut en profiter et jouer à l'église.

Annie avait l'air troublée. Elle avait supplié Alexandra de ne rien dire de ce projet devant Oscar, qui avait tendance à être jaloux de ce que sa sœur faisait pour les enfants de Lou. Alexandra ne s'entendait pas du tout avec la femme d'Oscar. « Milly peut quand même jouer à l'église, et elle jouera toujours de l'orgue. Mais s'entraîner dessus gâche tellement son toucher. C'est son professeur qui le dit, » expliqua Annie avec entrain.

Oscar roula des yeux. "Eh bien, Milly a dû s'en sortir plutôt bien si elle a dépassé l'orgue. Je connais beaucoup de gens adultes qui ne le sont pas », dit-il sans détour.

Annie leva le menton. "Elle s'entend bien et elle va jouer pour ses débuts lorsqu'elle obtiendra son diplôme en ville l'année prochaine."

"Oui", dit fermement Alexandra, "je pense que Milly mérite un piano. Toutes les filles d'ici prennent des cours depuis des années, mais Milly est la seule d'entre elles à pouvoir jouer n'importe quoi quand on lui demande. Je vais te dire quand j'ai pensé pour la première fois que j'aimerais t'offrir un piano, Milly, et c'est à ce moment-là que tu as appris ce livre de vieilles chansons suédoises que ton grand-père chantait. Il avait une douce voix de ténor et, lorsqu'il était jeune, il adorait chanter. Je me souviens de l'avoir entendu chanter avec les marins dans le chantier naval, quand je n'étais pas plus grande que Stella ici », en désignant la fille cadette d'Annie.

Milly et Stella regardèrent toutes deux par la porte du salon, où un portrait au crayon de John Bergson était accroché au mur. Alexandra l'avait fait réaliser à partir d'une petite photographie, prise pour ses amis juste avant son départ de Suède ; un homme mince de trente-cinq ans, avec des cheveux doux enroulés sur son front haut, une moustache tombante et des yeux étonnés et tristes qui regardaient au loin, comme s'ils contemplaient déjà le Nouveau Monde.

Après le dîner, Lou et Oscar sont allés au verger pour cueillir des cerises – ni l'un ni l'autre n'avaient eu la patience de cultiver leur propre verger – et Annie est descendue bavarder avec les filles de cuisine d'Alexandra pendant qu'elles faisaient la vaisselle. Elle pouvait toujours en apprendre davantage sur l'économie domestique d'Alexandra auprès des servantes bavardes plutôt que auprès d'Alexandra elle-même, et ce qu'elle avait découvert, elle l'utilisait à son avantage avec Lou. Sur le Divide, les filles de fermiers ne partaient plus au service, alors Alexandra fit venir ses filles de Suède en payant leur billet . Elles restèrent avec elle jusqu'à leur mariage et furent remplacées par des sœurs ou des cousines venues du vieux pays.

Alexandra a emmené ses trois nièces dans le jardin fleuri. Elle aimait les petites filles, surtout Milly, qui venait de temps en temps passer une semaine avec sa tante et lui lisait à haute voix de vieux livres sur la maison ou écoutait des histoires sur les premiers jours du Divide. Alors qu'ils marchaient parmi les parterres de fleurs, un buggy gravit la colline et s'arrêta devant le portail. Un homme est sorti et a parlé au chauffeur. Les petites filles étaient ravies de l'arrivée d'un étranger, venu de très loin, qu'elles connaissaient à ses vêtements, à ses gants et à la coupe pointue et pointue de sa barbe noire. Les filles tombèrent derrière leur tante et le regardèrent parmi les graines de ricin. L'étranger s'approcha du portail et resta debout, tenant son chapeau à la main, souriant, tandis qu'Alexandra s'avançait lentement à sa rencontre. Alors qu'elle approchait, il parla d'une voix basse et agréable.

« Tu ne me connais pas, Alexandra ? Je t'aurais connu n'importe où.

Alexandra se protégea les yeux avec sa main. Soudain, elle fit un pas en avant. "Peut-il être!" s'écria-t-elle avec émotion ; « se pourrait-il que ce soit Carl Linstrum ? Eh bien, Carl, c'est vrai ! Elle écarta ses deux mains et attrapa les siennes par-dessus le portail. « Sadie, Milly, courez dire à votre père et à votre oncle Oscar que notre vieil ami Carl Linstrum est là. Être rapide! Pourquoi, Carl, comment est-ce arrivé ? Je ne peux pas croire ça ! Alexandra secoua les larmes de ses yeux et rit.

L'étranger a fait un signe de tête à son chauffeur, a déposé sa valise à l'intérieur de la clôture et a ouvert le portail. « Alors tu es content de me voir, et tu peux m'héberger pour la nuit ? Je ne pourrais pas parcourir ce pays sans m'arrêter pour vous voir. Comme tu as peu changé ! Vous savez, j'étais sûr que ce serait comme ça. Vous ne pourriez tout simplement pas être différent. Comme tu vas bien ! Il recula et la regarda avec admiration.

Alexandra rougit et rit encore. « Mais toi-même, Carl, avec cette barbe, comment aurais-je pu te connaître ? Tu es parti petit garçon.» Elle attrapa sa valise et lorsqu'il l'intercepta, elle leva les mains. « Vous voyez, je me livre. Je n'ai que des femmes qui viennent me rendre visite et je ne sais pas comment me comporter. Où est ta malle ?

« C'est à Hanovre. Je ne peux rester que quelques jours. Je suis en route vers la côte.

Ils ont commencé le chemin. "Quelques jours? Après toutes ces années!" Alexandra lui fit signe du doigt. «Regardez ça, vous êtes tombé dans un piège. On ne s'en sort pas si facilement. Elle posa affectueusement sa main sur son épaule. « Vous me devez une visite en souvenir du bon vieux temps. Pourquoi dois-tu aller sur la côte ?

« Oh, je dois le faire ! Je suis un chasseur de fortune. De Seattle, je continue en Alaska.

"Alaska?" Elle le regarda avec étonnement. « Vas-tu peindre les Indiens ?

"Peinture?" le jeune homme fronça les sourcils. "Oh! Je ne suis pas peintre, Alexandra. Je suis graveur. Je n'ai rien à voir avec la peinture.

"Mais sur le mur de mon salon, j'ai les peintures..."

L'interrompit-il nerveusement. « Oh, des croquis à l'aquarelle, faits pour m'amuser. Je les ai envoyés pour te rappeler de moi, pas parce qu'ils étaient bons. Quel endroit merveilleux vous en avez fait, Alexandra. Il se tourna et regarda à nouveau la vaste perspective, semblable à une carte, composée de champs, de haies et de pâturages. «Je n'aurais jamais cru que cela était possible. Je suis déçu à mes propres yeux, dans mon imagination.

A ce moment Lou et Oscar remontaient la colline depuis le verger. Ils n'accélérèrent pas le pas lorsqu'ils aperçurent Carl ; en fait, ils ne regardaient pas ouvertement dans sa direction. Ils avançaient avec méfiance et comme s'ils souhaitaient que la distance soit plus longue.

Alexandra leur fit signe. « Ils pensent que j'essaie de les tromper. Venez, les garçons, c'est Carl Linstrum , notre vieux Carl !

Lou lança un rapide regard de côté au visiteur et lui tendit la main. "Content de te voir."

Oscar a suivi avec "Comment ça va." Carl ne pouvait pas dire si leur attitude était due à un manque d'amabilité ou à un embarras. Lui et Alexandra ouvrirent la voie jusqu'au porche.

« Carl, expliqua Alexandra, est en route pour Seattle. Il va en Alaska.

Oscar étudia les chaussures jaunes du visiteur. « Vous avez des affaires là-bas ? Il a demandé.

Carl rit. « Oui, une affaire très urgente. J'y vais pour devenir riche. La gravure est un métier très intéressant, mais on ne gagne jamais d'argent avec ça. Je vais donc essayer les champs aurifères.

Alexandra sentit qu'il s'agissait d'un discours plein de tact, et Lou leva les yeux avec un certain intérêt. "Avez-vous déjà fait quelque chose dans ce sens?"

« Non, mais je vais rejoindre un de mes amis qui est venu de New York et qui a bien réussi. Il m'a proposé de m'introduire par effraction.

« Des hivers froids et turbulents , là-bas, à ce que j'entends », a fait remarquer Oscar. "Je pensais que les gens y allaient au printemps."

"Ils font. Mais mon ami va passer l'hiver à Seattle et je dois rester avec lui là-bas et apprendre quelque chose sur la prospection avant de partir vers le nord l'année prochaine.

Lou avait l'air sceptique. « Voyons, depuis combien de temps êtes-vous absent d'ici ? »

"Seize ans. Tu devrais t'en souvenir, Lou, car tu t'es marié juste après notre départ.

« Tu vas rester avec nous quelque temps ? » demanda Oscar.

"Quelques jours, si Alexandra peut me garder."

"Je suppose que vous aurez envie de voir votre ancien logement", observa Lou plus cordialement. « Vous ne le saurez presque pas. Mais il reste quelques morceaux de votre vieille maison en terre. Alexandra ne laisserait jamais Frank Shabata s'en occuper.

Annie Lee, qui, depuis l'annonce du visiteur, avait retouché ses cheveux et réglé sa dentelle et aurait aimé porter une autre robe, est maintenant apparue avec ses trois filles et les a présentées. Elle était très impressionnée par l'apparence urbaine de Carl et, dans son enthousiasme, parlait très fort et secouait la tête. « Et tu n'es pas encore marié ? A ton âge, maintenant ! Pensez-y ! Vous devrez attendre Milly. Oui, nous avons aussi un garçon. Le plus jeune. Il est à la maison avec sa grand-mère. Tu dois venir voir maman et entendre Milly jouer. C'est la musicienne de la famille. Elle fait aussi de la pyrogravure. C'est du bois brûlé, tu sais. Vous ne croiriez pas ce qu'elle peut faire avec son poker. Oui, elle va à l'école en ville et elle est la plus jeune de sa classe de deux ans.

Milly avait l'air mal à l'aise et Carl lui reprit la main. Il aimait sa peau crémeuse et ses yeux joyeux et innocents, et il pouvait voir que la façon de parler de sa mère la bouleversait. « Je suis sûr que c'est une petite fille intelligente », murmura-t-il en la regardant pensivement. « Laisse-moi voir… Ah, c'est à ta mère qu'elle ressemble, Alexandra. Mme Bergson devait ressembler à ça quand elle était petite. Est-ce que Milly parcourt le pays comme toi et Alexandra le faisiez, Annie ?

La mère de Milly a protesté. « Oh mon Dieu, non ! Les choses ont changé depuis que nous sommes filles. Milly a les choses très différentes. Nous allons louer le logement et déménager en ville dès que les filles seront en âge de sortir en compagnie. Beaucoup le font ici maintenant. Lou se lance en affaires.

Lou sourit. « C'est ce qu'elle dit. Tu ferais mieux d'aller mettre tes affaires. Ivar est en train de prendre le relais, ajouta-t-il en se tournant vers Annie.

Les jeunes agriculteurs s'adressent rarement à leurs femmes par leur nom. C'est toujours « vous » ou « elle ».

Après avoir écarté sa femme, Lou s'assit sur la marche et commença à tailler. « Eh bien, que pensent les gens de New York de William Jennings Bryan ? » Lou commença à fanfaronner, comme il le faisait toujours lorsqu'il parlait politique. « Nous avons fait peur à Wall Street en 96, d'accord, et nous en préparons une autre pour leur donner. L'argent n'était pas le seul problème, » acquiesça-t-il mystérieusement. « Il y a beaucoup de choses qui doivent être changées. L'Occident va se faire entendre.

Carl rit. " Mais c'est sûrement ce qu'il a fait, au moins."

Le visage maigre de Lou rougit jusqu'aux racines de ses cheveux hérissés. « Oh, nous ne faisons que commencer. Nous prenons conscience de nos responsabilités, ici, et nous n'avons pas peur non plus. Vous, les gars, là-bas, vous devez être très dociles. Si vous aviez le moindre courage, vous vous rassembleriez et marcheriez jusqu'à Wall Street pour le faire exploser. Dynamite-le, je veux dire, »avec un signe de tête menaçant.

Il était tellement sérieux que Carl savait à peine comment lui répondre. « Ce serait un gaspillage de poudre. La même affaire se déroulerait dans une autre rue. La rue n'a pas d'importance. Mais qu'avez-vous à faire, les gars ici ? Vous disposez du seul endroit sûr qui soit. Morgan lui-même ne pouvait pas te toucher. Il suffit de parcourir ce pays en voiture pour constater que vous êtes tous riches comme des barons.

« Nous avons bien plus à dire que lorsque nous étions pauvres », a déclaré Lou d'un ton menaçant. "Nous abordons beaucoup de choses."

Alors qu'Ivar conduisait une voiture double jusqu'à la porte, Annie sortit avec un chapeau qui ressemblait à une maquette de cuirassé. Carl se leva et l'emmena jusqu'à la voiture, tandis que Lou s'attardait pour discuter avec sa sœur.

« À votre avis, pourquoi est-il venu ? » demanda-t-il en désignant la porte d'un signe de tête.

«Eh bien, pour nous rendre visite. Je le supplie depuis des années.

Oscar regarda Alexandra. « Il ne vous a pas fait savoir qu'il venait ?

"Non. Pourquoi le devrait-il ? Je lui ai dit de venir à tout moment.

Lou haussa les épaules. « Il ne semble pas avoir fait grand-chose pour lui-même. Je me promène par ici ! »

Oscar parlait solennellement, comme du fond d'une caverne. "Il n'a jamais été très important."

Alexandra les quitta et se précipita vers le portail où Annie parlait à Carl de ses nouveaux meubles de salle à manger. "Vous devez faire venir M. Linstrum très bientôt, mais assurez-vous simplement de me téléphoner d'abord", rappela-t-elle tandis que Carl l'aidait à monter dans la voiture. Le vieil Ivar, la tête blanche et nue, tenait les chevaux. Lou descendit le chemin et monta sur le siège avant, prit les rênes et partit sans rien dire de plus à personne . Oscar ramassa son plus jeune garçon et partit péniblement sur la route, les trois autres trottant après lui. Carl, tenant la porte ouverte à Alexandra, se mit à rire. « En pleine évolution sur le Divide, hein, Alexandra ? » s'écria-t-il gaiement.

IV

Carl avait changé, pensait Alexandra, bien moins que ce à quoi on aurait pu s'attendre. Il n'était pas devenu un citadin soigné et satisfait de lui-même. Il y avait toujours quelque chose de simple, de capricieux et de définitivement personnel chez lui. Même ses vêtements, son manteau Norfolk et ses cols très hauts, étaient un peu anticonformistes. Il semblait se replier sur lui-même comme avant ; se tenir à l'écart des choses, comme s'il avait peur d'être blessé. En bref, il était plus gêné qu'un homme de trente-cinq ans ne devrait l'être. Il avait l'air plus vieux que son âge et pas très fort. Ses cheveux noirs, qui pendaient toujours en triangle sur son front pâle, étaient fins au sommet, et il y avait de fines rides implacables autour de ses yeux. Son dos, avec ses épaules hautes et pointues, ressemblait à celui d'un professeur d'allemand surmené en vacances. Son visage était intelligent, sensible, malheureux.

Ce soir-là, après le dîner, Carl et Alexandra étaient assis près d'un bouquet de graines de ricin au milieu du jardin fleuri. Les sentiers de gravier brillaient au clair de lune et, en contrebas, les champs étaient blancs et immobiles.

« Tu sais, Alexandra, disait-il, je me suis demandé à quel point les choses se passent étrangement. J'étais parti graver les photos d'autres hommes, et vous êtes resté à la maison et avez fait les vôtres. Il désigna avec son cigare le paysage endormi. « Comment diable as-tu fait ? Comment vos voisins ont-ils fait ?

« Nous n'avions pas grand-chose à voir avec ça, Carl. La terre l'a fait. Il y avait sa petite blague. Il faisait semblant d'être pauvre parce que personne ne savait comment le faire fonctionner correctement ; et puis, tout d'un coup, ça a fonctionné tout seul. Il s'est réveillé de son sommeil et s'est étiré, et il était si grand, si riche, que nous avons soudainement découvert que nous étions riches, rien qu'en restant assis. Quant à moi, vous vous souvenez quand j'ai commencé à acheter des terrains. Pendant des années, j'ai continué à emprunter et à emprunter jusqu'à ce que j'aie honte de me montrer devant les banques. Et puis, tout d'un coup, des hommes ont commencé à venir me proposer de me prêter de l'argent – et je n'en avais pas besoin ! Ensuite, je suis allé de l'avant et j'ai construit cette maison. Je l'ai vraiment construit pour Emil. Je veux que tu voies Emil, Carl. Il est tellement différent du reste d'entre nous !

« À quel point est-il différent ?

« Oh, tu verras ! Je suis sûr que c'est pour avoir des fils comme Emil et pour leur donner une chance que ce père a quitté le vieux pays. C'est curieux aussi ; De l'extérieur, Emil ressemble à un garçon américain – il a obtenu son diplôme de l'Université d'État en juin, vous savez – mais au fond, il est plus suédois que n'importe quel d'entre nous. Parfois, il ressemble tellement à mon père qu'il me fait peur ; il est si violent dans ses sentiments comme ça.

« Est-ce qu'il va cultiver ici avec vous ?

"Il fera ce qu'il veut", déclara chaleureusement Alexandra. « Il va avoir une chance, toute une chance ; c'est pour cela que j'ai travaillé. Parfois, il parle d'étudier le droit, et parfois, tout récemment, il parle d'aller dans les dunes et d'occuper davantage de terres. Il a ses moments tristes, comme son père. Mais j'espère qu'il ne fera pas ça. Nous avons enfin suffisamment de terres ! Alexandra rit.

« Et Lou et Oscar ? Ils ont bien fait, n'est-ce pas ?

"Oui très bien; mais ils sont différents, et maintenant qu'ils ont leurs propres fermes , je n'en vois plus beaucoup. Nous avons partagé la terre à parts égales lorsque Lou s'est marié. Ils ont leur propre façon de faire les choses, et ils n'aiment pas du tout ma façon de faire, j'en ai peur. Peut-être qu'ils me trouvent trop indépendant. Mais j'ai dû réfléchir par moi-même pendant de nombreuses années et il est peu probable que je change. Dans l'ensemble, cependant, nous tirons autant de réconfort les uns des autres que la plupart des frères et sœurs. Et j'aime beaucoup la fille aînée de Lou.

«Je pense que je préférais les anciens Lou et Oscar, et ils ressentent probablement la même chose à mon égard. Même si tu peux garder un secret, » Carl se pencha en avant et lui toucha le bras en souriant, « Je pense même que je préférais le vieux pays. Tout cela est très splendide à sa manière, mais il y avait quelque chose dans ce pays quand il était une vieille bête sauvage qui m'a hanté toutes ces années. Maintenant, quand je reviens à tout ce lait et ce miel, je me sens comme la vieille chanson allemande, "Wo bist du, wo bist du, mein geliebtest Land ?' — Avez-vous déjà ressenti cela, je me le demande ?

« Oui, parfois, quand je pense à mon père, à ma mère et à ceux qui sont partis ; tant de nos anciens voisins. Alexandra fit une pause et leva pensivement les yeux vers les étoiles. "Nous nous souvenons du cimetière quand c'était une prairie sauvage, Carl, et maintenant..."

"Et maintenant, la vieille histoire a commencé à s'écrire là-bas", dit doucement Carl. « N'est-ce pas bizarre : il n'y a que deux ou trois histoires humaines, et elles se répètent avec autant de férocité que si elles ne s'étaient jamais produites auparavant ; comme les alouettes de ce pays, qui chantent les mêmes cinq notes depuis des milliers d'années.

"Oh oui! Les jeunes, ils vivent tellement dur. Et pourtant, je les envie parfois. Voilà mon petit voisin, maintenant ; les gens qui ont acheté votre ancien logement. Je ne l'aurais vendu à personne d' autre, mais j'ai toujours aimé cette fille. Vous devez vous rappeler d'elle, la petite Marie Tovesky , d'Omaha, qui venait ici ? A dix-huit ans , elle s'est enfuie de l'école du couvent et s'est mariée, petite folle ! Elle est venue ici mariée, avec son père et son mari. Il n'avait rien et le vieil homme était prêt à leur acheter un logement et à les installer. Votre ferme lui a plu et j'étais heureux de l'avoir si près de moi. Je n'ai jamais été désolé non plus. J'essaie même de m'entendre avec Frank à cause d'elle.

« Est-ce que Frank est son mari ?

"Oui. C'est un de ces types sauvages. La plupart des bohémiens sont de bonne humeur, mais Frank pense que nous ne l'apprécions pas ici, je suppose. Il est jaloux de tout, de sa ferme, de ses chevaux et de sa jolie femme. Tout le monde l'aime, comme quand elle était petite. Parfois, je monte à l'église catholique avec Emil, et c'est drôle de voir Marie debout là, riant et serrant la main des gens, l'air si excitée et gaie, avec Frank boudant derrière elle comme s'il pouvait manger tout le monde vivant. Frank n'est pas un mauvais voisin, mais pour s'entendre avec lui, il faut faire tout un plat de lui et agir comme si on pensait qu'il était tout le temps une personne très importante et différente des autres. J'ai du mal à maintenir cela d'une fin d'année à l'autre.

"Je ne devrais pas penser que tu réussirais très bien dans ce genre de chose, Alexandra." Carl semblait trouver l'idée amusante.

«Eh bien, dit fermement Alexandra, je fais de mon mieux, à cause de Marie. De toute façon, elle a déjà assez de mal. Elle est trop jeune et trop jolie pour ce genre de vie. Nous sommes tous de plus en plus âgés et plus lents. Mais elle est du genre à ne pas se laisser abattre facilement. Elle travaillera toute la journée, ira à un mariage bohème, dansera toute la nuit et conduira la charrette à foin pour un homme croisé le lendemain matin. Je pourrais rester fidèle à mon travail, mais je n'ai jamais eu la même énergie qu'elle, alors que je faisais de mon mieux. Il faudra que je t'emmène la voir demain.

Carl laissa doucement tomber le bout de son cigare parmi les graines de ricin et soupira. "Oui, je suppose que je dois voir l'ancien endroit. Je suis lâche envers les choses qui me rappellent moi-même. Il a fallu du courage pour venir, Alexandra. Je ne l'aurais pas fait si je n'avais pas vraiment eu envie de te voir.

Alexandra le regardait avec ses yeux calmes et réfléchis. "Pourquoi redoutes-tu des choses comme ça, Carl?" » demanda-t-elle sincèrement. "Pourquoi es-tu insatisfait de toi-même?"

Son visiteur grimaça. « Comme tu es directe, Alexandra ! Tout comme tu l'étais avant. Est-ce que je me livre si vite ? Eh bien, voyez-vous, d'une part, il n'y a rien à espérer dans ma profession. La gravure sur bois est la seule chose qui m'intéresse, et elle était disparue avant que je commence. De nos jours, tout est du travail du métal bon marché, retouchant de misérables photographies, forçant de mauvais dessins et gâchant les bons. J'en ai absolument marre de tout cela. Carl fronça les sourcils. "Alexandra, depuis New York, j'ai réfléchi à la façon dont je pourrais te tromper et te faire considérer comme un homme très enviable, et ici, je te dis la vérité dès la première nuit. Je perds beaucoup de temps à faire semblant auprès des gens, et le plus drôle, c'est que je ne pense jamais avoir trompé qui que ce soit . Il y en a trop de mon espèce ; les gens nous connaissent de vue.

Carl fit une pause. Alexandra repoussa ses cheveux de son front avec un geste perplexe et pensif. « Vous voyez, poursuivit-il calmement, à l'aune de vos critères ici, je suis un échec. Je ne pourrais même pas acheter un de vos champs de maïs. J'ai apprécié beaucoup de choses, mais je n'ai rien à montrer de tout cela.

«Mais tu le montres toi-même, Carl. J'aurais préféré avoir votre liberté plutôt que ma terre.

Carl secoua tristement la tête. « La liberté signifie très souvent qu'on n'en a besoin nulle part. Ici, vous êtes un individu, vous avez votre propre parcours, vous allez nous manquer. Mais là-bas, dans les villes, il y a des milliers de pierres qui roulent comme moi. Nous sommes tous pareils ; nous n'avons aucun lien, nous ne connaissons personne, nous ne possédons rien. Quand l'un de nous meurt, ils ne savent pas où l'enterrer. Notre logeuse et le traiteur sont nos pleureurs, et nous ne laissons derrière nous qu'une redingote et un violon, ou un chevalet, ou une machine à écrire, ou tout autre outil avec lequel nous gagnions notre vie. Tout ce que nous avons réussi à faire, c'est de payer notre loyer, le loyer exorbitant qu'il faut payer pour quelques pieds carrés d'espace près du cœur des choses. Nous n'avons ni maison, ni endroit, ni personne à nous. Nous vivons dans les rues, dans les parcs, dans les théâtres. Nous sommes assis dans des restaurants et des salles de concert et regardons les centaines de personnes de notre espèce et frémissons.

Alexandra resta silencieuse. Elle était assise et regardait la tache argentée que la lune faisait à la surface de l'étang, dans le pâturage. Il savait qu'elle comprenait ce qu'il voulait dire. Enfin , elle dit lentement : « Et pourtant, je préférerais qu'Emil grandisse ainsi plutôt que comme ses deux frères. Nous payons également un loyer élevé, même si nous payons différemment. Nous devenons durs et lourds ici. Nous ne bougeons pas à la légère et facilement comme vous, et notre esprit devient raide. Si le monde n'était pas plus vaste que mes champs de maïs, s'il n'y avait pas quelque chose à côté , je ne penserais pas que cela vaut vraiment la peine de travailler. Non, je préférerais qu'Emil t'apprécie plutôt que de les aimer. J'ai ressenti cela dès que tu es venu.

"Je me demande pourquoi tu ressens ça?" Carl réfléchit.

"Je ne sais pas. Peut-être que je ressemble à Carrie Jensen, la sœur d'un de mes employés. Elle n'était jamais sortie des champs de maïs et, il y a quelques années, elle était découragée et répétait que la vie était toujours la même chose et qu'elle n'en voyait pas l'utilité. Après qu'elle ait tenté de se suicider une ou deux fois, ses parents se sont inquiétés et l'ont envoyée dans l'Iowa pour rendre visite à des relations. Depuis qu'elle est revenue , elle est parfaitement joyeuse et elle dit qu'elle est contente de vivre et de travailler dans un monde si grand et si intéressant. Elle a dit que tout ce qui était aussi grand que les ponts sur la Platte et le Missouri la réconciliait. Et c'est ce qui se passe dans le monde qui me réconcilie.

V

Alexandra n'a pas trouvé le temps d'aller chez son voisin le lendemain, ni le lendemain. C'était une saison chargée à la ferme, avec le labour du maïs, et même Emil était dans le champ avec une équipe et un cultivateur. Carl parcourait les fermes avec Alexandra le matin et, l'après-midi et le soir, ils trouvaient beaucoup de choses à dire. Emil, malgré toute sa pratique sur piste, ne résistait pas très bien aux travaux agricoles et la nuit, il était trop fatigué pour parler ou même pour s'entraîner sur son cornet.

Le mercredi matin, Carl se leva avant qu'il ne fasse jour et descendit furtivement les escaliers et sortit par la porte de la cuisine au moment où le vieil Ivar faisait ses ablutions matinales à la pompe. Carl lui fit un signe de tête et se précipita vers le chemin, longeant le jardin et pénétrant dans le pâturage où étaient gardées les vaches laitières.

L'aube à l'est ressemblait à la lumière d'un grand feu qui brûlait sous les confins du monde. La couleur se reflétait dans les globules de rosée qui recouvraient l'herbe courte et grise des pâturages. Carl marcha rapidement jusqu'à atteindre la crête de la deuxième colline, où l'alpage Bergson rejoignait celui qui avait appartenu à son père. Là, il s'assit et attendit que le soleil se lève. C'est justement là qu'Alexandra et lui faisaient leur traite ensemble, lui de son côté de la clôture, elle du sien. Il se rappelait exactement à quoi elle ressemblait lorsqu'elle arrivait sur l'herbe tondue, ses jupes retroussées, la tête nue, un seau en fer blanc brillant dans chaque main, et la lumière laiteuse du petit matin tout autour d'elle. Déjà enfant, il avait l'impression, lorsqu'il la voyait venir de son pas libre, de sa tête droite et de ses épaules calmes, qu'elle avait l'air d'être sortie tout droit du matin. Depuis lors, lorsqu'il voyait le soleil se lever à la campagne ou sur l'eau, il se souvenait souvent de la jeune Suédoise et de ses seaux de traite.

Carl resta assis à réfléchir jusqu'à ce que le soleil saute au-dessus de la prairie, et dans l'herbe autour de lui, toutes les petites créatures du jour se mirent à accorder leurs minuscules instruments. Des oiseaux et des insectes sans nombre se mirent à gazouiller, à gazouiller, à claquer et à siffler, à émettre toutes sortes de bruits frais et aigus. Le pâturage était inondé de lumière ; chaque touffe d'herbes ferreuses et de neige sur la montagne projetait une longue ombre, et la lumière dorée semblait onduler à travers l'herbe bouclée comme la marée montante.

Il franchit la clôture et pénétra dans le pâturage qui était maintenant celui des Shabatas et poursuivit sa marche vers l'étang. Mais il n'était pas loin lorsqu'il découvrit qu'il n'était pas le seul à se trouver à l'étranger. Dans le tableau ci-dessous, son arme à la main, se trouvait Emil, avançant prudemment, avec une jeune femme à ses côtés. Ils se déplaçaient doucement, restant proches les uns des autres, et Carl savait qu'ils s'attendaient à trouver des canards sur l'étang. Au moment où ils arrivèrent en vue de la tache lumineuse de l'eau, il entendit un bruit d'ailes et les canards s'envolèrent dans les airs. Il y eut un violent craquement provenant du canon et cinq des oiseaux tombèrent au sol. Emil et son compagnon rirent joyeusement et Emil courut les chercher. Lorsqu'il revint, balançant les canards par les pattes, Marie tenait son tablier et il les y laissa tomber. Alors qu'elle les regardait, son visage changea. Elle prit l'un des oiseaux, une boule de plumes froissées dont le sang coulait lentement de sa bouche, et regarda la couleur vive qui brûlait encore sur son plumage.

Alors qu'elle le laissait tomber, elle cria de détresse : "Oh, Emil, pourquoi l'as-tu fait ?"

"J'aime ça!" s'exclama le garçon avec indignation. "Eh bien, Marie, tu m'as demandé de venir toi-même."

«Oui, oui, je sais», dit-elle en larmes, «mais je n'y ai pas réfléchi. Je déteste les voir quand ils sont abattus pour la première fois. Ils passaient un très bon moment et nous leur avons tout gâché.

Emil eut un rire plutôt douloureux. «Je devrais dire que nous l'avons fait! Je ne vais plus chasser avec toi . Tu es aussi mauvais qu'Ivar. Tiens, laisse-moi les prendre. Il arracha les canards de son tablier.

« Ne sois pas fâché, Emil. Seulement… Ivar a raison à propos des choses folles. Ils sont trop heureux pour tuer. Vous pouvez dire exactement ce qu'ils ont ressenti lorsqu'ils ont pris leur envol. Ils avaient peur, mais ils ne pensaient pas vraiment que quoi que ce soit puisse leur faire du mal. Non, nous ne ferons plus ça .

"Très bien," acquiesça Emil. "Je suis désolé de t'avoir fait sentir mal." Alors qu'il baissait les yeux dans ses yeux en larmes, il y avait dans les siens une amertume curieuse et vive.

Carl les regarda alors qu'ils descendaient lentement le tirage. Ils ne l'avaient pas vu du tout. Il n'avait pas beaucoup entendu leur dialogue, mais il en ressentait l'importance. Cela le rendait, d'une manière ou d'une autre, déraisonnablement triste de trouver deux jeunes choses à l'étranger dans le pâturage tôt le matin. Il décida qu'il avait besoin de son petit-déjeuner.

VI

Ce jour-là, lors du dîner, Alexandra a dit qu'elle pensait qu'ils devraient vraiment réussir à aller chez les Shabatas cet après-midi-là. « Ce n'est pas souvent que je laisse passer trois jours sans voir Marie. Elle pensera que je l'ai abandonnée, maintenant que mon vieil ami est revenu.

Après que les hommes furent retournés au travail, Alexandra enfila une robe blanche et son chapeau de soleil, et elle et Carl partirent à travers les champs. « Vous voyez, nous avons gardé l'ancien chemin, Carl. C'était tellement agréable pour moi de sentir qu'il y avait à nouveau un ami à l'autre bout du fil.

Carl sourit un peu tristement. "J'espère quand même que ça n'a pas été *tout à fait* pareil."

Alexandra le regarda avec surprise. « Eh bien, non, bien sûr que non. Pas le même. Elle ne pourrait pas très bien prendre votre place, si c'est ce que vous voulez dire. Je suis amical avec tous mes voisins, j'espère. Mais Marie est vraiment une compagne, avec qui je peux parler très franchement. Vous ne voudriez pas que je sois plus seul que je ne l'ai été, n'est-ce pas ?

Carl rit et repoussa la mèche triangulaire avec le bord de son chapeau. « Bien sûr que non. Je devrais être reconnaissant que ce chemin n'ait pas été emprunté par… enfin, par des amis avec des courses plus urgentes que celles que votre petit bohème est susceptible d'avoir. Il s'arrêta pour donner la main à Alexandra alors qu'elle enjambait le montant. "Etes-vous un peu déçu de notre réunion à nouveau?" » demanda-t-il brusquement. "Est-ce que c'est comme vous l'espériez?"

Alexandra sourit à cela. « Seulement en mieux. Quand j'ai pensé à ta venue, j'en ai parfois eu un peu peur. Vous avez vécu là où les choses vont si vite, et ici tout est lent ; les gens les plus lents de tous. Nos vies sont comme les années, toutes composées de conditions météorologiques, de récoltes et de vaches. Comme tu détestais les vaches ! Elle secoua la tête et rit intérieurement.

« Je ne l'ai pas fait lorsque nous traitions ensemble. J'ai marché jusqu'aux coins des pâturages ce matin. Je me demande si je pourrai un jour vous dire tout ce à quoi je pensais là-haut. C'est une chose étrange, Alexandra ; Je trouve facile d'être franc avec vous sur tout ce qui se passe sous le soleil, sauf sur vous-même ! »

« Vous avez peut-être peur de me blesser. » Alexandra le regarda pensivement.

« Non, j'ai peur de te faire un choc. Vous vous voyez depuis si longtemps dans l'esprit ennuyeux des gens qui vous entourent, que si je devais vous dire à quoi vous ressemblez, cela vous surprendrait. Mais tu dois voir que tu m'étonnes. Vous devez ressentir quand les gens vous admirent.

Alexandra rougit et rit avec une certaine confusion. "J'avais l'impression que tu étais content de moi, si tu veux dire ça."

« Et avez-vous senti que d'autres personnes étaient satisfaites de vous ? » il a insisté.

« Eh bien, parfois. Les hommes de la ville, des banques et des bureaux du comté semblent heureux de me voir. Je pense moi-même qu'il est plus agréable de faire affaire avec des gens propres et en bonne santé », a-t-elle admis avec douceur.

Carl eut un petit rire en lui ouvrant la porte du Shabatas . "Oh, et toi?" » demanda-t-il sèchement.

Il n'y avait aucun signe de vie dans la maison des Shabatas , à l'exception d'un gros chat jaune qui prenait le soleil sur le pas de la porte de la cuisine.

Alexandra prit le chemin qui menait au verger. « Elle s'assoit souvent là et coud. Je ne lui ai pas téléphoné pour lui dire que nous venions, parce que je ne voulais pas qu'elle aille au travail faire des gâteaux et congeler des glaces. Elle fera toujours une fête si vous lui donnez la moindre excuse. Reconnaissez-vous les pommiers, Carl ?

Linstrum regarda autour de lui. « J'aurais aimé avoir un dollar pour chaque seau d'eau que j'ai transporté pour ces arbres. Pauvre père, c'était un homme facile, mais il était parfaitement impitoyable lorsqu'il s'agissait d'arroser le verger.

« C'est une chose que j'aime chez les Allemands ; ils font pousser un verger s'ils ne peuvent rien faire d'autre. Je suis tellement heureuse que ces arbres appartiennent à quelqu'un qui y trouve du réconfort. Lorsque j'ai loué cet endroit, les locataires n'entretenaient jamais le verger et Emil et moi avions l'habitude de venir nous en occuper nous-mêmes. Il faut le tondre maintenant. Elle est là, dans le coin. Maria-aa ! elle a appelé.

Une silhouette allongée surgit de l'herbe et courut vers eux à travers l'écran vacillant de lumière et d'ombre.

"Regarde la! N'est-elle pas comme un petit lapin brun ? Alexandra rit.

Maria accourut haletante et jeta ses bras autour d'Alexandra. "Oh, j'avais commencé à penser que tu ne viendrais pas du tout, peut-être. Je savais que tu étais tellement occupé. Oui, Emil m'a dit que M. Linstrum était là. Tu ne viens pas à la maison ?

« Pourquoi ne pas t'asseoir là, dans ton coin ? Carl veut voir le verger. Il a gardé tous ces arbres en vie pendant des années, les arrosant de son propre dos.

Marie se tourna vers Carl. « Alors je vous suis reconnaissant, M. Linstrum . Nous n'aurions jamais acheté cet endroit sans ce verger, et je n'aurais pas non plus eu Alexandra. Elle serra légèrement le bras d'Alexandra alors qu'elle marchait à côté d'elle. « Comme ta robe sent bon, Alexandra ; tu mets des feuilles de romarin dans ta poitrine, comme je te l'ai dit.

Elle les conduisit jusqu'à l'angle nord-ouest du verger, abrité d'un côté par une épaisse haie de mûriers et bordé de l'autre par un champ de blé qui commençait à peine à jaunir. Dans ce coin, le sol s'affaissait un peu, et le pâturin, que les mauvaises herbes avaient chassé dans la partie supérieure du verger, devenait épais et luxuriant. Des roses sauvages flamboyaient dans les touffes d'herbes touffes le long de la clôture. Sous un mûrier blanc se trouvait un vieux siège de chariot. A côté se trouvaient un livre et un panier à travail.

« Tu dois avoir le siège, Alexandra. L'herbe tacherait votre robe », a insisté l'hôtesse. Elle se laissa tomber par terre à côté d'Alexandra et replia ses pieds sous elle. Carl s'assit à une petite distance des deux femmes, dos au champ de blé, et les observa. Alexandra ôta son chapeau et le jeta par terre. Marie le ramassa et joua avec les rubans blancs, les enroulant autour de ses doigts bruns tout en parlant. Ils formaient un joli tableau sous la forte lumière du soleil, le motif feuillu les entourant comme un filet ; la Suédoise si blanche et dorée, gentille et amusée, mais blindée de calme, et la brune alerte, les lèvres charnues entrouvertes, des points de lumière jaune dansant dans ses yeux tandis qu'elle riait et bavardait. Carl n'avait jamais oublié les yeux de la petite Marie Tovesky et il était heureux d'avoir l'occasion de les étudier. L'iris brun, constata-t-il, était curieusement marqué de jaune, couleur de miel de tournesol ou de vieil ambre. Dans chaque œil, l'une de ces stries devait être plus grande que les autres, car l'effet était celui de deux points de lumière dansants, de deux petites bulles jaunes, comme celles qui montent dans une coupe de champagne. Parfois, elles ressemblaient à des étincelles sortant d'une forge. Elle semblait si facilement excitée, qu'elle pouvait s'allumer avec une petite flamme féroce si l'on soufflait sur elle. "Quel gâchis", réfléchit Carl. « Elle devrait faire tout ça pour un amoureux. Comme les choses se passent maladroitement ! »

Marie ne tarda pas à surgir de l'herbe. "Attendez un moment. Je veux vous montrer quelque chose." Elle s'est enfuie et a disparu derrière les pommiers bas.

"Quelle charmante créature", murmura Carl. « Je ne m'étonne pas que son mari soit jaloux. Mais ne peut-elle pas marcher ? est-ce qu'elle court toujours ?

Alexandra hocha la tête. "Toujours. Je ne vois pas beaucoup de gens, mais je ne crois pas qu'il y en ait beaucoup comme elle, nulle part.

Marie revint avec une branche cassée d'un abricotier, chargée de fruits jaune pâle aux joues roses. Elle le laissa tomber à côté de Carl. « Les as-tu plantés aussi ? Ce sont de si beaux petits arbres.

Carl palpait les feuilles bleu-vert, poreuses comme du papier buvard et en forme de feuilles de bouleau, accrochées à des tiges rouge cire. «Oui, je pense que je l'ai fait. Est-ce que ce sont les arbres du cirque, Alexandra ?

« Dois-je lui en parler ? » demanda Alexandra. « Assieds-toi comme une bonne fille, Marie, et n'abîme pas mon pauvre chapeau, et je te raconterai une histoire. Il y a longtemps, quand Carl et moi avions, disons, seize et douze ans, un cirque est arrivé à Hanovre et nous sommes allés en ville dans notre chariot, avec Lou et Oscar, pour voir le défilé. Nous n'avions pas assez d'argent pour aller au cirque. Nous avons suivi le défilé jusqu'au terrain du cirque et sommes restés jusqu'à ce que le spectacle commence et que la foule rentre dans la tente. Ensuite, Lou a eu peur que nous ayons l'air idiots dehors, dans le pâturage, alors nous sommes retournés à Hanovre très tristes. Il y avait un homme dans la rue qui vendait des abricots, et nous n'en avions jamais vu auparavant. Il était venu en voiture de quelque part dans la campagne française et il leur vendait vingt-cinq cents le morceau . Nous avions un peu d'argent que nos pères nous avaient donné pour des bonbons, j'en ai acheté deux et Carl en a acheté un. Ils nous ont beaucoup acclamés, et nous avons conservé toutes les graines et les avons plantées. Jusqu'au moment où Carl est parti, ils n'avaient rien supporté du tout.

"Et maintenant, il est revenu pour les manger", s'écria Marie en faisant un signe de tête à Carl. «C'est une bonne histoire. Je me souviens un peu de vous, M. Linstrum . Je te voyais parfois à Hanovre, quand oncle Joe m'emmenait en ville. Je me souviens de toi parce que tu achetais toujours des crayons et des tubes de peinture à la pharmacie. Un jour, quand mon oncle m'a laissé au magasin, tu m'as dessiné plein de petits oiseaux et de fleurs sur un morceau de papier d'emballage. Je les ai gardés longtemps. Je pensais que tu étais très romantique parce que tu savais dessiner et que tu avais des yeux si noirs.

Carl sourit. « Oui, je me souviens de cette époque. Votre oncle vous a acheté une sorte de jouet mécanique, une dame turque assise sur un pouf et fumant un narguilé, n'est-ce pas ? Et elle tournait la tête d'avant en arrière.

"Oh oui! N'était-elle pas splendide ! Je savais très bien que je ne devais pas dire à Oncle Joe que je le voulais, car il revenait juste du saloon et se sentait bien. Tu te souviens comment il a ri ? Elle le chatouillait aussi. Mais quand nous sommes rentrés à la maison, ma tante l'a réprimandé pour avoir acheté des jouets alors qu'elle avait besoin de tant de choses. Nous enroulions notre dame tous les soirs, et quand elle commençait à bouger la tête , ma tante riait aussi fort que nous tous. C'était une boîte à musique, vous savez, et la dame turque jouait un air en fumant. C'est ainsi qu'elle vous rendait si joyeux. Si je me souviens bien d'elle, elle était adorable et avait un croissant d'or sur son turban.

Une demi-heure plus tard, alors qu'ils quittaient la maison, Carl et Alexandra furent accueillis sur le chemin par un homme costaud en salopette et chemise bleue. Il respirait fort, comme s'il avait couru, et marmonnait pour lui-même.

Marie accourut et, le prenant par le bras, le poussa un peu vers ses invités. "Frank, voici M. Linstrum ."

Frank ôta son large chapeau de paille et fit un signe de tête à Alexandra. Lorsqu'il a parlé à Carl, il a montré une belle dentition blanche. Il était brûlé d'un rouge terne jusqu'au tour de cou, et il avait une épaisse barbe de trois jours sur son visage. Même dans son agitation, il était beau, mais il avait l'air d'un homme téméraire et violent.

Saluant à peine les appelants, il se tourna aussitôt vers sa femme et commença d'un ton indigné : « Je dois quitter mon équipe pour chasser les porcs de la vieille Hiller, mon blé. Je vais emmener cette vieille femme au tribunal si elle ne fait pas attention, je vous le dis !

Sa femme parla d'une manière apaisante. « Mais, Frank, elle n'a que son garçon boiteux pour l'aider. Elle fait de son mieux. »

Alexandra regarda l'homme excité et lui proposa une suggestion. « Pourquoi n'irais-tu pas là-bas un après-midi pour resserrer ses clôtures ? Au final, vous gagneriez du temps.

Le cou de Frank se raidit. « Pas grand-chose, je ne le ferai pas. Je garde mes porcs à la maison. D'autres personnes peuvent faire comme moi. Voir? Si ce Louis peut réparer des chaussures, il peut réparer une clôture.

«Peut-être», dit placidement Alexandra; « Mais j'ai découvert qu'il était parfois payant de réparer les obstacles des autres. Au revoir, Marie. Viens me voir bientôt.

Alexandra marchait fermement sur le chemin et Carl la suivit.

Frank entra dans la maison et se jeta sur le canapé, le visage contre le mur, le poing fermé sur la hanche. Marie, après avoir accompagné ses invités, entra et posa sa main sur son épaule d'un air câlin.

« Pauvre Franck ! Vous avez couru jusqu'à en avoir mal à la tête, n'est -ce pas ? Laisse-moi te préparer du café.

"Que dois-je faire d'autre?" s'écria-t-il avec chaleur en bohème. « Dois-je laisser les porcs de n'importe quelle vieille femme déraciner mon blé ? Est-ce pour cela que je travaille à mort ?

« Ne t'inquiète pas pour ça, Frank. Je reparlerai à Mme Hiller. Mais en réalité, elle a failli pleurer la dernière fois qu'ils sont sortis, elle était vraiment désolée.

Frank rebondit de l'autre côté. "C'est ça; tu es toujours de leur côté contre moi. Ils le savent tous. N'importe qui ici se sent libre d'emprunter la tondeuse et de la casser, ou de me livrer ses porcs. Ils savent que vous ne vous en soucierez pas ! »

Marie s'est dépêchée de lui préparer son café. Quand elle revint, il dormait profondément. Elle s'assit et le regarda longuement, pensivement. Lorsque l'horloge de la cuisine sonna six heures , elle sortit dîner et ferma doucement la porte derrière elle. Elle était toujours désolée pour Frank lorsqu'il se mettait en colère, et elle était désolée de le voir dur et querelleur avec ses voisins. Elle savait parfaitement que les voisins avaient beaucoup à supporter et qu'ils supportaient Frank pour elle.

VII

Le père de Marie, Albert Tovesky , était l'un des bohémiens les plus intelligents venus en Occident au début des années soixante-dix. Il s'est installé à Omaha et y est devenu un leader et un conseiller parmi son peuple. Marie était sa plus jeune enfant, d'une seconde épouse, et était la prunelle de ses yeux. Elle avait à peine seize ans et était en promotion au lycée d'Omaha lorsque Frank Shabata arriva du vieux pays et fit frémir toutes les filles bohèmes. Il était facilement la cible des brasseries en plein air, et le dimanche, il était un spectacle à voir, avec son chapeau de soie, sa chemise retroussée et sa redingote bleue, portant des gants et portant un petit brin de canne jaune. Il était grand et blond, avec des dents splendides et des boucles jaunes coupées court, et il avait une expression légèrement dédaigneuse, propre à un jeune homme de hautes relations, dont la mère possédait une grande ferme dans la vallée de l'Elbe. Il y avait souvent un mécontentement intéressant dans ses yeux bleus, et chaque bohème qu'il rencontrait s'imaginait être la cause de cette expression insatisfaite. Il avait une façon de retirer lentement, par un coin, de sa poche de poitrine, son mouchoir de batiste, qui était mélancolique et romantique à l'extrême. Il prit un petit vol avec chacune des filles bohèmes les plus éligibles, mais c'est lorsqu'il était avec la petite Marie Tovesky qu'il sortit son mouchoir le plus lentement et, après avoir allumé un nouveau cigare, laissa tomber l'allumette avec le plus de désespoir. N'importe qui pouvait voir, d'un demi-œil, que son cœur fier saignait pour quelqu'un.

Un dimanche, à la fin de l'été, après l'obtention du diplôme de Marie, elle rencontra Frank lors d'un pique-nique bohème au bord de la rivière et alla ramer avec lui tout l'après-midi. Lorsqu'elle rentra à la maison ce soir -là , elle se rendit directement dans la chambre de son père et lui dit qu'elle était fiancée à Shabata . Le vieux Tovesky buvait une pipe confortable avant de se coucher. Lorsqu'il entendit l'annonce de sa fille, il boucha d'abord prudemment sa bouteille de bière, puis se leva d'un bond et se mit en colère. Il caractérise Frank Shabata par une expression bohème qui équivaut à une chemise en peluche.

« Pourquoi ne va-t-il pas travailler comme nous tous ? Sa ferme dans la vallée de l'Elbe, bien sûr ! N'a-t- il pas beaucoup de frères et sœurs ? C'est la ferme de sa mère, et pourquoi ne reste-t-il pas à la maison pour l'aider ? N'ai-je pas vu sa mère sortir le matin à cinq heures avec sa louche et son grand seau sur roulettes, déversant du lisier sur les choux ? Est-ce que je ne connais pas l'apparence des mains de la vieille Eva Shabata ? Ils ressemblent aux sabots d'un vieux cheval , et celui-ci porte des gants et des bagues ! Fiancé, en effet ! Vous n'êtes pas apte à quitter l'école, et c'est là votre problème. Je t'enverrai chez les Sœurs du Sacré-Cœur à Saint-Louis, et elles t'apprendront le bon sens, *je* suppose !

En conséquence, dès la semaine suivante, Albert Tovesky emmena sa fille, pâle et en larmes, descendre la rivière jusqu'au couvent. Mais pour donner envie à Frank de quelque chose, il fallait lui dire qu'il ne pouvait pas l'obtenir. Il réussit à avoir un entretien avec Marie avant son départ, et alors qu'il n'était qu'à moitié amoureux d'elle auparavant, il se persuada désormais qu'il ne s'arrêterait devant rien. Marie emportait avec elle au couvent, sous la toile de sa malle, le résultat d'une matinée laborieuse et satisfaisante de la part de Frank ; pas moins d'une douzaine de photographies de lui-même, prises dans une douzaine d'attitudes amoureuses différentes . Il y avait une petite photographie ronde pour son boîtier de montre, des photographies pour son mur et sa commode, et même de longues et étroites photos pour servir de marque-pages. Plus d'une fois, le beau monsieur fut mis en pièces devant la classe de français par une religieuse indignée.

Marie a passé un an au couvent, jusqu'à ce que son dix-huitième anniversaire soit passé. Puis elle a rencontré Frank Shabata à la gare Union de Saint-Louis et s'est enfuie avec lui. Le vieux Tovesky a pardonné à sa fille parce qu'il n'y avait rien d'autre à faire et lui a acheté une ferme dans le pays qu'elle avait tant aimé étant enfant. Depuis lors, son histoire faisait partie de l'histoire du Divide. Elle et Frank vivaient là depuis cinq ans lorsque Carl Linstrum revint rendre visite à Alexandra, longtemps différée . Frank avait, dans l'ensemble, fait mieux que ce à quoi on aurait pu s'attendre. Il s'était jeté sur le sol avec une énergie sauvage. Une fois par an, il se rendait à Hastings ou à Omaha, pour une virée. Il est resté absent pendant une semaine ou deux, puis est rentré à la maison et a travaillé comme un démon. Il a travaillé; s'il s'apitoyait sur son sort, c'était son affaire.

VIII

Le soir du jour de l'appel d'Alexandra aux Shabatas , une forte pluie s'est déclarée. Frank est resté assis jusqu'à une heure tardive en lisant les journaux du dimanche. L'un des Gould était sur le point de divorcer et Frank a pris cela comme un affront personnel. En publiant le récit des difficultés conjugales du jeune homme, l'éditeur avisé a donné un récit assez coloré de sa carrière, indiquant le montant de ses revenus et la manière dont il était censé les dépenser. Frank lisait l'anglais lentement, et plus il lisait sur cette affaire de divorce, plus il devenait en colère. Finalement , il jeta la page en reniflant. Il se tourna vers son ouvrier agricole qui lisait l'autre moitié du journal.

"Par Dieu! si j'ai ce jeune homme dans le champ de foin une fois, je lui montre quelque chose . Écoutez ici ce qu'il fait avec son argent. Et Frank commença le catalogue des extravagances réputées du jeune homme.

Marie soupira. Elle trouvait difficile que les Gould , pour lesquels elle n'avait que de la bonne volonté, lui causent autant d'ennuis. Elle détestait voir les journaux du dimanche entrer dans la maison. Frank lisait toujours sur les agissements des gens riches et se sentait indigné. Il possédait un stock inépuisable d'histoires sur leurs crimes et leurs folies, sur la façon dont ils avaient soudoyé les tribunaux et abattu leurs majordomes en toute impunité quand ils le voulaient. Frank et Lou Bergson avaient des idées très similaires et étaient deux des agitateurs politiques du comté.

Le lendemain matin, le temps était clair et brillant, mais Frank a déclaré que le sol était trop humide pour être labouré, alors il a pris la charrette et s'est rendu à Sainte-Agnès pour passer la journée au salon de Moses Marcel. Après son départ, Marie sortit sous le porche arrière pour commencer à fabriquer du beurre. Un vent violent s'était levé et chassait des nuages blancs gonflés dans le ciel. Le verger scintillait et ondulait au soleil. Marie le regardait avec mélancolie, la main sur le couvercle de la baratte, lorsqu'elle entendit un tintement aigu dans l'air, le joyeux bruit de la pierre à aiguiser sur la faux. Cette invitation l'a décidée. Elle courut dans la maison, enfila une jupe courte et une paire de bottes de son mari, attrapa un seau en fer blanc et se dirigea vers le verger. Emil avait déjà commencé à travailler et tondait vigoureusement. Lorsqu'il la vit arriver, il s'arrêta et s'essuya le front. Ses leggings en toile jaune et son pantalon kaki étaient éclaboussés jusqu'aux genoux.

« Ne me laisse pas te déranger, Emil. Je vais cueillir des cerises. Tout n'est-il pas beau après la pluie ? Oh, mais je suis content que cet endroit soit tondu ! Quand j'ai entendu qu'il pleuvait dans la nuit, j'ai pensé que tu viendrais peut-être le faire pour moi aujourd'hui. Le vent m'a réveillé. Ça n'a pas terriblement explosé ? Sentez simplement les roses sauvages ! Ils sont toujours aussi épicés après une pluie. Nous n'en avions jamais eu autant ici auparavant. Je suppose que c'est la saison des pluies. Devras-tu les couper aussi ?

"Si je coupe l'herbe, je le ferai", a déclaré Emil d'un ton taquin. "Quel est ton problème? Qu'est-ce qui te rend si volatile ?

« Suis-je volage ? Je suppose que c'est aussi la saison des pluies. C'est excitant de voir tout pousser si vite et de couper l'herbe ! S'il vous plaît, laissez les roses pour la fin, si vous devez les couper. Oh, je ne parle pas de tous, je veux dire de cet endroit bas près de mon arbre, où il y en a tant. N'êtes-vous pas éclaboussé ! Regardez les toiles d'araignées partout dans l'herbe. Au revoir. Je t'appellerai si je vois un serpent.

Elle trébucha et Emil resta à la surveiller. Au bout de quelques instants, il entendit les cerises tomber bruyamment dans le seau, et il commença à balancer sa faux avec ce coup long et régulier que peu de garçons américains apprennent jamais. Marie cueillait des cerises et chantait doucement pour elle-même, enlevant les branches scintillantes les unes après les autres, frissonnant lorsqu'elle attrapait une pluie de gouttes de pluie sur son cou et ses cheveux. Et Emil faucha lentement son chemin vers les cerisiers.

Cet été-là, les pluies avaient été si nombreuses et si opportunes que Shabata et son homme ne pouvaient presque plus faire pour suivre le rythme des récoltes de maïs ; le verger était un désert négligé. Toutes sortes de mauvaises herbes, d'herbes et de fleurs y avaient poussé ; des taches de pied d'alouette sauvage, des pointes de chien blanc et vert pâle, des plantations de coton sauvage, des enchevêtrements de sétaire et de blé sauvage. Au sud des abricotiers, au coin du champ de blé, se trouvait la luzerne de Frank, où des myriades de papillons blancs et jaunes flottaient toujours au-dessus des fleurs violettes. Quand Emil atteignit le coin inférieur de la haie, Marie était assise sous son mûrier blanc, le seau de cerises à côté d'elle, regardant le gonflement doux et infatigable du blé.

« Emil, dit-elle soudain (il tondait tranquillement sous l'arbre pour ne pas la déranger), quelle religion avaient les Suédois autrefois, avant d'être chrétiens ?

Emil fit une pause et redressa le dos. "Je ne sais pas. À peu près comme celui des Allemands, n'est-ce pas ?

Marie continua comme si elle ne l'avait pas entendu. « Les Bohémiens, vous savez, adoraient les arbres avant l'arrivée des missionnaires. Père dit que les gens des montagnes font encore parfois des choses bizarres : ils croient que les arbres portent chance ou malchance.

Emil avait l'air supérieur. "Est-ce qu'ils? Eh bien, quels sont les arbres porte-bonheur ? J'aimerais savoir."

« Je ne les connais pas tous, mais je sais que les tilleuls le sont. Les vieillards des montagnes plantent des tilleuls pour purifier la forêt et pour faire disparaître les sortilèges provenant des vieux arbres qui, disent-ils, durent depuis les temps païens. Je suis un bon catholique, mais je pense que je pourrais me débrouiller en m'occupant des arbres si je n'avais rien d'autre.

"C'est un mauvais dicton", dit Emil en se penchant pour s'essuyer les mains dans l'herbe mouillée.

« Pourquoi ? Si je ressens cela, je ressens cela. J'aime les arbres parce qu'ils semblent plus résignés à la façon dont ils doivent vivre que d'autres choses. J'ai l'impression que cet arbre sait tout ce à quoi je pense quand je suis assis ici. Quand j'y reviens, je n'ai jamais besoin de lui rappeler quoi que ce soit ; Je commence là où je me suis arrêté.

Emil n'avait rien à dire à ce sujet. Il tendit la main parmi les branches et commença à cueillir les fruits sucrés et fades, de longues baies de couleur ivoire, aux pointes légèrement roses, comme du corail blanc, qui tombent à terre sans qu'on y prête attention tout l'été. Il en laissa tomber une poignée sur ses genoux.

« Aimez-vous M. Linstrum ? » demanda soudain Marie.

"Oui. N'est-ce pas ?

« Oh, tellement ; seulement, il semble plutôt posé et pédagogue. Mais, bien sûr, il est même plus âgé que Frank. Je suis sûr que je ne veux pas vivre plus de trente ans, n'est-ce pas ? Pensez-vous qu'Alexandra l'aime beaucoup ?

"Je suppose. C'étaient de vieux amis.

"Oh, Emil, tu vois ce que je veux dire!" Marie secoua la tête avec impatience. « Est-ce qu'elle tient vraiment à lui ? Quand elle me parlait de lui, je me demandais toujours si elle n'était pas un peu amoureuse de lui.

"Qui, Alexandra?" Emil rit et fourra ses mains dans les poches de son pantalon. "Alexandra n'a jamais été amoureuse, espèce de folle!" Il rit encore. « Elle ne saurait pas comment s'y prendre. L'idée!"

Marie haussa les épaules. « Oh, tu ne connais pas Alexandra aussi bien que tu le penses ! Si vous aviez des yeux, vous verriez qu'elle l'aime beaucoup. Cela vous servirait bien si elle partait avec Carl. Je l'aime parce qu'il l'apprécie plus que toi.

Émile fronça les sourcils. « De quoi tu parles, Marie ? Alexandra va bien. Elle et moi avons toujours été de bons amis. Que veux-tu de plus? J'aime parler à Carl de New York et de ce qu'un homme peut y faire.

« Ah, Émile ! Vous n'envisagez sûrement pas de partir là-bas ?

"Pourquoi pas? Je dois aller quelque part, n'est-ce pas ? Le jeune homme prit sa faux et s'appuya dessus. « Préféreriez-vous que je parte dans les dunes et que je vive comme Ivar ?

Le visage de Marie tomba sous son regard maussade. Elle baissa les yeux sur ses leggings mouillés. "Je suis sûre qu'Alexandra espère que tu resteras ici", murmura-t-elle.

"Alors Alexandra sera déçue", dit grossièrement le jeune homme. « Pourquoi est-ce que je veux rester ici ? Alexandra peut gérer la ferme sans moi. Je ne veux pas rester là à regarder. Je veux faire quelque chose pour mon propre compte.

«C'est vrai», soupira Marie. « Il y a tellement de choses que vous pouvez faire. Presque tout ce que vous choisissez.

"Et il y a tellement de choses que je ne peux pas faire." Emil fit écho à son ton sarcastique. «Parfois, je n'ai envie de rien faire du tout, et parfois j'ai envie de rapprocher les quatre coins de la Division», - il leva le bras et le ramena d'un coup sec, - «ainsi, comme une table ... tissu. J'en ai marre de voir des hommes et des chevaux monter et descendre, monter et descendre.

Marie leva les yeux vers sa silhouette provocante et son visage s'assombrit. "J'aurais aimé que tu ne sois pas si agité et que tu ne t'énerves pas autant à cause de certaines choses", dit-elle tristement.

"Merci", répondit-il sous peu.

Elle soupira avec découragement. « Tout ce que je dis te fait traverser, n'est-ce pas ? Et tu n'as jamais été en colère contre moi.

Emil fit un pas plus près et fronça les sourcils devant sa tête penchée. Il se tenait dans une attitude de légitime défense, les pieds bien écartés, les mains serrées et repliées le long du corps, de sorte que les cordes ressortaient sur ses bras nus. "Je ne peux plus jouer avec toi comme un petit garçon ", dit-il lentement. « C'est ce qui te manque, Marie. Il faudra que tu trouves un autre petit garçon avec qui jouer. Il s'arrêta et prit une profonde inspiration. Puis il reprit d'une voix basse, si intense qu'elle en était presque menaçante : « Parfois tu sembles parfaitement comprendre, et parfois tu fais semblant de ne pas comprendre. Vous n'aidez pas les choses en faisant semblant. C'est alors que je veux rassembler les coins de la Division. Si tu ne comprends pas, tu sais, je pourrais te le faire !

Marie joignit les mains et se leva de son siège. Elle était devenue très pâle et ses yeux brillaient d'excitation et de détresse. « Mais, Emil, si je comprends, alors tous nos bons moments sont terminés, nous ne pourrons plus jamais faire de belles choses ensemble. Nous devrons nous comporter comme M. Linstrum . Et puis, il n'y a rien à comprendre ! Elle frappa violemment le sol avec son petit pied. « Cela ne durera pas. Cela disparaîtra et les choses redeviendront comme avant. J'aimerais que tu sois catholique. L'Église aide les gens, et c'est effectivement le cas. Je prie pour vous, mais ce n'est pas la même chose que si vous priiez vous-même.

Elle parlait rapidement et d'une manière suppliante, et le regardait en face d'un air suppliant. Emil resta provocant, la regardant.

"Je ne peux pas prier pour avoir les choses que je veux", dit-il lentement, "et je ne prierai pas pour ne pas les avoir, pas si je suis damné pour cela."

Marie se détourna en se tordant les mains. « Oh, Emil, tu n'essaieras pas ! Alors tous nos bons moments seront terminés.

"Oui; sur. Je ne m'attends jamais à en avoir davantage.

Emil saisit les poignées de sa faux et commença à tondre. Marie ramassa ses cerises et se dirigea lentement vers la maison en pleurant amèrement.

IX

Le dimanche après-midi, un mois après l'arrivée de Carl Linstrum , il se rendit avec Emil en campagne française pour assister à une foire catholique. Il restait assis la majeure partie de l'après-midi dans le sous-sol de l'église où se tenait la foire, discutant avec Marie Shabata , ou se promenait sur la terrasse en gravier, dressée à flanc de colline, devant les portes du sous-sol, où sautaient les garçons français. et lutter et lancer le disque. Certains des garçons portaient leurs costumes de baseball blancs ; ils revenaient tout juste d'un match d'entraînement du dimanche sur le terrain de balle . Amédée , le jeune marié, meilleur ami d'Emil, était leur lanceur, réputé dans les campagnes pour son élan et son habileté. Amédée était un petit garçon, d'un an plus jeune qu'Émile et d'apparence beaucoup plus enfantine ; très souple et actif et bien fait, avec une peau claire brune et blanche et des dents blanches éclatantes. Les garçons de Sainte-Agnès devaient jouer le neuf d'Hastings dans quinze jours, et les boules éclair d'Amédée étaient l'espoir de son équipe. Le petit Français semblait mettre tout ce qu'il avait en lui derrière le ballon alors qu'il quittait sa main.

« C'est sûr que tu aurais fait la batterie à l'Université, ' Médée ', dit Emil alors qu'ils marchaient du terrain de balle vers l'église sur la colline. "Vous lancez mieux qu'au printemps."

Amédée sourit. "Bien sûr! Un homme marié ne perd plus la tête. Il frappa Emil dans le dos alors qu'il le rejoignait. "Oh, Emil, tu veux te marier tout de suite et vite ! C'est la meilleure chose qui soit !

Émile rit. « Comment vais-je me marier sans fille ? »

Amédée lui prit le bras. "Caca! Il y a beaucoup de filles qui t'auront. Tu veux trouver une gentille fille française, maintenant. Elle vous traite bien ; sois toujours joyeux. Voyez-vous, commença-t-il en notant sur ses doigts, il y a Sévérine , et Alphosen , et Joséphine , et Hectorine , et Louise, et Malvina, eh bien, je pourrais aimer n'importe laquelle de ces filles ! Pourquoi ne les poursuivez-vous pas ? Es-tu coincé, Emil, ou quelque chose ne va pas chez toi ? Je n'ai jamais connu auparavant un garçon de vingt-deux ans qui n'avait pas de fille. Tu veux être prêtre, peut-être ? Pas pour moi ! Amédée se vantait. «J'espère que j'amène beaucoup de bons catholiques dans ce monde, et c'est une façon pour moi d'aider l'Église.»

Emil baissa les yeux et lui tapota l'épaule. «Maintenant tu as du vent, ' Médée . Vous , les Français, aimez vous vanter.

Mais Amédée avait le zèle des jeunes mariés, et il ne fallait pas le secouer à la légère. « Honnête et vrai, Emil, tu ne veux AUCUNE fille ? Peut-être qu'il y a à Lincoln une jeune femme, maintenant, très grande, — Amédée agita nonchalamment sa main devant son visage pour désigner l'éventail de la beauté sans cœur, — et tu as perdu ton cœur là-haut. Est-ce que c'est ça?"

«Peut-être», dit Emil.

Mais Amédée ne voyait pas d'éclat approprié sur le visage de son ami. "Bah!" s'exclama-t-il avec dégoût. « Je dis à toutes les filles françaises de ne pas s'approcher de vous. Tu dois y aller, » frappant Emil sur les côtes.

Lorsqu'ils atteignirent la terrasse à côté de l'église, Amédée , enthousiasmé par son succès sur le terrain de balle, défia Emil à un match de saut d'obstacles, tout en sachant qu'il serait battu. Ils se ceignirent, et Raoul Marcel, le ténor du chœur et favori du père Duchesne, et Jean Bordelau , tenaient la corde sur laquelle ils sautaient. Tous les garçons français se tenaient debout, applaudissant et se bousculant quand Emil ou Amédée franchissaient le fil, comme s'ils aidaient à monter l'ascenseur. Emil s'arrêta à cinq pieds cinq, déclarant qu'il lui couperait l'appétit pour le dîner s'il sautait encore.

Angélique , la jolie fiancée d'Amédée , blonde et blonde comme son nom, qui était venue voir le match, jeta la tête vers Emil et dit : —

« ' Médée pourrait sauter beaucoup plus haut que toi s'il était aussi grand. Et de toute façon, il est beaucoup plus gracieux. Il passe comme un oiseau et il faut se mettre debout.

"Oh, je le fais, n'est-ce pas?" Emil l'attrapa et l'embrassa carrément sur sa bouche impertinente, tandis qu'elle riait et se débattait et appelait : « ' Médée ! « Médée !»

« Là, tu vois que ta ' Médée n'est même pas assez grande pour t'éloigner de moi. Je pourrais m'enfuir avec toi maintenant et il ne pourrait que s'asseoir et pleurer à ce sujet. Je vais te montrer si je dois me baiser ! » Riant et haletant, il prit Angélique dans ses bras et se mit à courir avec elle dans le rectangle. Ce n'est que lorsqu'il a vu les yeux de tigre de Marie Shabata briller dans l'obscurité de la porte du sous-sol qu'il a remis la mariée échevelée à son mari. « Là, va chez ta gracieuse ; Je n'ai pas le cœur de t'éloigner de lui.

Angélique s'accrochait à son mari et faisait des grimaces à Emil par-dessus l'épaule blanche de la chemise de bal d'Amédée . Emil était très amusé de son air de propriété et de la soumission éhontée d' Amédée . Il était ravi de la bonne fortune de son ami. Il aimait voir et penser à l'amour ensoleillé, naturel et heureux d'Amédée .

Lui et Amédée chevauchaient, luttaient et s'amusaient ensemble depuis qu'ils avaient douze ans. Les dimanches et jours fériés, ils étaient toujours bras dessus bras dessous. Il lui paraissait étrange qu'il doive maintenant cacher ce dont Amédée était si fier, que le sentiment qui donnait tant de bonheur à l'un apportât à l'autre tant de désespoir. C'était comme ça quand Alexandra testait ses semences de maïs au printemps, songea-t-il. De deux épis qui avaient poussé côte à côte, les grains de l'un jaillissaient joyeusement dans la lumière, se projetant dans l'avenir, et les grains de l'autre restaient immobiles dans la terre et pourrissaient ; et personne ne savait pourquoi.

X

Pendant qu'Emil et Carl s'amusaient à la foire, Alexandra était chez elle, occupée avec ses livres de comptes, négligés ces derniers temps. Elle en avait presque fini avec ses chiffres lorsqu'elle entendit une charrette arriver jusqu'au portail et, regardant par la fenêtre, elle aperçut ses deux frères aînés. Ils semblaient l'éviter depuis l'arrivée de Carl Linstrum , quatre semaines plus tôt ce jour-là, et elle se précipita vers la porte pour les accueillir. Elle comprit immédiatement qu'ils étaient venus dans un but très précis. Ils la suivirent avec raideur dans le salon. Oscar s'assit, mais Lou se dirigea vers la fenêtre et resta debout, les mains derrière lui.

"Tu es seul?" » demanda-t-il en regardant vers la porte du salon.

"Oui. Carl et Emil sont allés à la foire catholique.

Pendant quelques instants, aucun des deux hommes ne parla.

Puis Lou sortit brusquement. « Dans combien de temps compte-t-il partir d'ici ?

« Je ne sais pas, Lou. Pas avant un certain temps, j'espère. Alexandra parlait d'un ton calme et égal qui exaspérait souvent ses frères. Ils avaient l'impression qu'elle essayait d'être supérieure à eux.

Oscar parla sombrement. « Nous avons pensé qu'il fallait vous dire que les gens ont commencé à parler », dit-il d'un ton significatif.

Alexandra le regarda. "Qu'en est-il de?"

Oscar croisa son regard vide. « À propos de toi, de le garder ici si longtemps. Cela fait mal pour lui de s'accrocher à une femme de cette façon. Les gens pensent que vous vous faites avoir.

Alexandra ferma fermement son livre de comptes. « Les garçons, dit-elle sérieusement, ne continuons pas comme ça. Nous ne sortirons nulle part. Je ne peux pas recevoir de conseils sur un tel sujet. Je sais que tu as de bonnes intentions, mais tu ne dois pas te sentir responsable de moi dans des choses de ce genre. Si nous poursuivons ce discours, cela ne fera que nous rendre pénible.

Lou se retourna par la fenêtre. « Tu devrais penser un peu à ta famille. Vous nous rendez tous ridicules.

"Comment suis-je?"

"Les gens commencent à dire que vous voulez épouser cet homme."

"Eh bien, et qu'est-ce qu'il y a de ridicule là-dedans ?"

Lou et Oscar échangèrent des regards indignés. «Alexandre! Ne vois-tu pas que ce n'est qu'un clochard et qu'il en veut à ton argent ? Il veut qu'on s'occupe de lui, c'est vrai !

« Eh bien, supposons que je veuille prendre soin de lui ? À qui appartiennent ces affaires, sinon les miennes ? »

« Ne savez-vous pas qu'il mettrait la main sur votre propriété ?

"Il obtiendrait certainement ce que je voulais lui donner."

Oscar se redressa brusquement et Lou s'agrippa à ses cheveux hérissés.

"Donne lui?" Cria Lou. « Notre propriété, notre ferme ? »

"Je ne sais pas pour la ferme", dit doucement Alexandra. « Je sais que vous et Oscar avez toujours pensé que ce serait laissé à vos enfants, et je ne suis pas sûr de ce que vous avez raison. Mais je ferai exactement ce que je veux du reste de mes terres, les garçons.

« Le reste de votre terre ! » s'écria Lou, de plus en plus excité à chaque minute. « Est-ce que toutes les terres ne sont pas sorties de la ferme ? Il a été acheté avec de l'argent emprunté sur la propriété, et Oscar et moi avons travaillé dur pour payer les intérêts.

« Oui, vous avez payé les intérêts. Mais lorsque vous vous êtes mariés , nous avons partagé les terres et vous avez été satisfaits. J'ai gagné plus dans mes fermes depuis que je suis seul que lorsque nous travaillions tous ensemble.

« Tout ce que vous avez fait vient de la terre d'origine pour laquelle nous, les garçons, avons travaillé, n'est-ce pas ? Les fermes et tout ce qui en résulte nous appartiennent en tant que famille.

Alexandra agita la main avec impatience. « Viens maintenant, Lou. Tenez-vous en aux faits. Vous dites des bêtises. Allez voir le greffier du comté et demandez-lui à qui appartient ma terre et si mes titres sont valables.

Lou se tourna vers son frère. « C'est ce qui arrive lorsqu'on laisse une femme se mêler des affaires », dit-il avec amertume. « Nous aurions dû prendre les choses en main il y a des années. Mais elle aimait diriger les choses et nous lui avons fait plaisir. Nous avons pensé que tu avais du bon sens, Alexandra. Nous n'avons jamais pensé que vous feriez quelque chose de stupide.

Alexandra frappait impatiemment sur son bureau avec ses doigts. « Écoute, Lou. Ne parlez pas sauvagement. Vous dites que vous auriez dû prendre les choses en main il y a des années. Je suppose que tu veux dire avant de quitter la maison. Mais comment s'emparer de ce qui n'était pas là ? J'ai la plupart de ce que j'ai maintenant depuis que nous avons divisé la propriété ; Je l'ai construit moi-même et cela n'a rien à voir avec toi.

Oscar parla solennellement. « Les biens d'une famille appartiennent réellement aux hommes de la famille, quel que soit le titre. Si quelque chose ne va pas, ce sont les hommes qui sont tenus pour responsables.»

"Oui, bien sûr," interrompit Lou. "Tout le monde le sait. Oscar et moi avons toujours été faciles à vivre et nous n'avons jamais fait d'histoires. Nous étions disposés à ce que vous déteniez la terre et en ayez le bien, mais vous n'aviez aucun droit de vous en séparer. Nous avons travaillé dans les champs pour payer la première terre que vous avez achetée, et tout ce qui en résulte doit rester dans la famille.

Oscar renforça son frère, l'esprit fixé sur le seul point qu'il pouvait voir. « Les biens d'une famille appartiennent aux hommes de la famille, parce qu'ils en sont responsables et parce qu'ils font le travail. »

Alexandra les regardait tour à tour, les yeux pleins d'indignation. Elle avait été impatiente auparavant, mais maintenant elle commençait à se sentir en colère. "Et qu'en est-il de mon travail?" » demanda-t-elle d'une voix incertaine.

Lou regarda le tapis. « Oh, maintenant, Alexandra, tu as toujours pris les choses assez doucement ! Bien sûr, nous le voulions. Vous aimiez gérer les affaires et nous vous avons toujours fait plaisir. Nous sommes conscients que vous nous avez été d'une grande aide. Il n'y a aucune femme dans le coin qui en sait autant sur les affaires que vous, et nous en avons toujours été fiers, et nous avons pensé que vous étiez plutôt intelligente. Mais bien sûr, le vrai travail nous incombait toujours. Un bon conseil, c'est bien, mais cela n'élimine pas les mauvaises herbes du maïs.

"Peut-être pas, mais il arrive parfois qu'il fasse la récolte et qu'il conserve parfois les champs pour que le maïs puisse y pousser", a déclaré Alexandra sèchement. «Eh bien, Lou, je me souviens de l'époque où toi et Oscar vouliez vendre cette propriété et toutes les améliorations apportées au vieux pasteur Ericson pour deux mille dollars. Si j'avais consenti, vous seriez descendu jusqu'à la rivière et vous seriez ravagé dans de pauvres fermes pour le reste de votre vie. Lorsque j'ai planté notre premier champ de luzerne, vous vous êtes tous les deux opposés à moi, simplement parce que j'en ai entendu parler pour la première fois par un jeune homme qui avait fréquenté l'université. Vous avez alors dit que j'étais emmené, et tous les voisins l'ont dit. Vous savez comme moi que la luzerne a été le salut de ce pays. Vous vous êtes tous moqués de moi lorsque j'ai dit que nos terres ici étaient sur le point d'être cultivées en blé et que j'ai dû faire trois grosses récoltes de blé avant que les voisins arrêtent de cultiver toutes leurs terres en maïs. Eh bien, je me souviens que tu as pleuré, Lou, lorsque nous avons planté le premier grand blé, et que tu as dit que tout le monde se moquait de nous.

Lou se tourna vers Oscar. « C'est la femme de ce monde ; si elle vous dit de faire une récolte, elle pense qu'elle l'a fait. Cela rend les femmes prétentieuses de se mêler des affaires. Je ne devrais pas penser que tu voudrais nous rappeler à quel point tu as été dur avec nous, Alexandra, après la façon dont tu as bébé Emil.

« Dur avec toi ? Je n'ai jamais voulu être dur. Les conditions étaient difficiles. De toute façon, peut-être que je n'aurais jamais été très doux ; mais je n'ai certainement pas choisi d'être le genre de fille que j'étais. Si vous prenez ne serait-ce qu'une vigne et que vous la coupez encore et encore, elle devient dure, comme un arbre.

Lou sentait qu'ils s'éloignaient du sujet et qu'en digression, Alexandra pourrait l'énerver. Il s'essuya le front d'un coup sec de son mouchoir. «Nous n'avons jamais douté de toi, Alexandra. Nous n'avons jamais remis en question ce que vous avez fait. Vous avez toujours eu votre propre chemin. Mais vous ne pouvez pas vous attendre à ce que nous restions assis comme des souches et vous voyions expulsés de la propriété par n'importe quel fainéant qui passait par là, et en plus vous rendriez ridicules.

Oscar se leva. « Oui, interrompit-il, tout le monde rit de vous voir se faire prendre ; à ton âge aussi. Tout le monde sait qu'il a près de cinq ans de moins que vous et qu'il en veut à votre argent. Eh bien, Alexandra, tu as quarante ans !

« Tout cela ne concerne personne d'autre que Carl et moi. Allez en ville et demandez à vos avocats ce que vous pouvez faire pour m'empêcher de disposer de mes propres biens. Et je vous conseille de faire ce qu'ils vous disent ; car l'autorité que vous pouvez exercer par la loi est la seule influence que vous aurez jamais sur moi. Alexandra se leva. "Je pense que j'aurais préféré ne pas vivre pour découvrir ce que j'ai aujourd'hui", dit-elle doucement en fermant son bureau.

Lou et Oscar se regardèrent d'un air interrogateur. Il semblait n'y avoir rien d'autre à faire que partir, et ils sont partis.

« Vous ne pouvez pas faire d'affaires avec des femmes », dit Oscar d'un ton lourd en grimpant dans le chariot. "Mais de toute façon, nous avons enfin eu notre mot à dire."

Lou se gratta la tête. « Parler de ce genre pourrait aller trop haut, vous savez ; mais elle a tendance à être sensée. Mais tu n'aurais pas dû dire ça à propos de son âge, Oscar. J'ai peur que cela l'ait blessée ; et la pire chose que nous puissions faire est de lui faire du mal. Elle l'épouserait par hasard.

«Je voulais seulement dire», dit Oscar, «qu'elle est assez vieille pour mieux savoir, et elle l'est. Si elle voulait se marier, elle devrait le faire depuis longtemps et ne pas se ridiculiser maintenant.

Lou avait néanmoins l'air anxieux. « Bien sûr, réfléchit-il avec espoir et de manière incohérente, Alexandra ne ressemble pas beaucoup aux autres femmes. Peut-être que ça ne lui fera pas mal. Peut-être qu'elle préférerait avoir quarante ans !

XI

Emil rentra ce soir-là vers sept heures et demie. Le vieil Ivar le rencontra au moulin à vent et prit son cheval, et le jeune homme entra directement dans la maison. Il appela sa sœur et elle répondit de sa chambre, derrière le salon, en disant qu'elle était couchée.

Emil se dirigea vers sa porte.

« Puis-je vous voir une minute ? » Il a demandé. "Je veux te parler de quelque chose avant que Carl vienne."

Alexandra se leva rapidement et se dirigea vers la porte. "Où est Carl?"

"Lou et Oscar nous ont rencontrés et ont dit qu'ils voulaient lui parler, alors il est allé chez Oscar avec eux. Est-ce que tu sors ? » demanda Emil avec impatience.

« Oui, asseyez-vous. Je serai habillé dans un instant.

Alexandra ferma sa porte et Emil se laissa tomber sur le vieux salon à lattes et s'assit la tête dans les mains. Lorsque sa sœur sortit, il leva les yeux, ne sachant pas si l'intervalle avait été court ou long, et il fut surpris de constater que la pièce était devenue assez sombre. C'était aussi bien ; il serait plus facile de parler s'il n'était pas sous le regard de ces yeux clairs et réfléchis, qui voyaient si loin dans certaines directions et étaient si aveugles dans d'autres. Alexandra aussi était heureuse du crépuscule. Son visage était enflé à force de pleurer.

Emil se leva puis se rassit. « Alexandra », dit-il lentement, de sa voix jeune et profonde de baryton, « je ne veux pas partir en faculté de droit cet automne. Permettez-moi de reporter cela d'un an supplémentaire. Je veux prendre un an de congé et regarder autour de moi. Il est terriblement facile de se précipiter dans un métier qu'on n'aime pas vraiment, et terriblement difficile d'en sortir. Linstrum et moi en avons parlé.

« Très bien, Émile. Seulement, ne partez pas à la recherche de terres. Elle s'approcha et posa la main sur son épaule. "J'aurais aimé que tu puisses rester avec moi cet hiver."

« C'est justement ce que je ne veux pas faire, Alexandra. Je suis agité. Je veux aller dans un nouvel endroit. Je veux descendre à Mexico pour rejoindre un des boursiers de l'université qui dirige une centrale électrique. Il m'a écrit qu'il pourrait me donner un petit travail, assez pour payer mes études, et que je pourrais regarder autour de moi et voir ce que je veux faire. Je veux y aller dès que la récolte est terminée. Je suppose que Lou et Oscar en seront mécontents.

"Je suppose qu'ils le feront." Alexandra s'assit dans le salon à côté de lui. « Ils sont très en colère contre moi, Emil. Nous avons eu une dispute. Ils ne reviendront plus ici.

Emil entendait à peine ce qu'elle disait ; il ne remarqua pas la tristesse de son ton. Il pensait à la vie imprudente qu'il comptait vivre au Mexique.

"Qu'en est-il de?" » demanda-t-il distraitement.

«À propos de Carl Linstrum . Ils ont peur que je l'épouse et qu'une partie de mes biens ne leur échappe.

Emil haussa les épaules. "Quelle absurdité!" murmura-t-il. "Juste comme eux."

Alexandra recula. "Pourquoi c'est absurde, Emil?"

« Pourquoi, tu n'as jamais pensé à une chose pareille, n'est-ce pas ? Il faut toujours qu'ils aient quelque chose à faire. »

« Emil, » dit lentement sa sœur, « tu ne devrais pas prendre les choses pour acquises. Êtes-vous d'accord avec eux que je n'ai pas le droit de changer ma façon de vivre ?

Emil regarda le contour de la tête de sa sœur dans la pénombre. Ils étaient assis l'un près de l'autre et il avait l'impression qu'elle pouvait entendre ses pensées. Il resta silencieux un moment, puis dit d'un ton embarrassé : « Eh bien, non, certainement pas. Vous devriez faire ce que vous voulez. Je te soutiendrai toujours.

"Mais ça te semblerait un peu ridicule si j'épousais Carl ?"

Émile s'agitait. La question lui semble trop farfelue pour justifier une discussion. « Eh bien, non. Je serais surpris si tu le voulais. Je ne vois pas exactement pourquoi. Mais ce ne sont pas mes affaires. Vous devriez faire ce que vous voulez. Vous ne devriez certainement pas prêter attention à ce que disent les garçons.

Alexandra soupira. «J'avais espéré que vous comprendrez un peu pourquoi je veux le faire. Mais je suppose que c'est trop attendre. J'ai eu une vie plutôt solitaire, Emil. A part Marie, Carl est le seul ami que j'ai jamais eu.

Emil était réveillé maintenant ; un nom dans sa dernière phrase le réveilla. Il tendit la main et prit maladroitement celle de sa sœur . « Vous devez faire ce que vous voulez, et je pense que Carl est un brave garçon. Lui et moi nous entendrions toujours. Je ne crois rien de ce que les garçons disent de lui, honnêtement, non. Ils se méfient de lui parce qu'il est intelligent. Vous connaissez leur chemin. Ils m'en veulent depuis que tu m'as laissé partir à l'université. Ils essaient toujours de me rattraper. Si j'étais toi, je n'y prêterais aucune attention. Il n'y a pas de quoi s'énerver. Carl est un homme sensé. Cela ne le dérangera pas.

"Je ne sais pas. S'ils lui parlent comme ils m'ont parlé, je pense qu'il s'en ira.

Emil devenait de plus en plus inquiet. "Je le pense? Eh bien, Marie a dit que cela nous servirait bien si tu partais avec lui.

"A-t-elle? Bénis son petit cœur ! ELLE le ferait. La voix d'Alexandra se brisa.

Emil commença à délacer ses leggings. « Pourquoi tu ne lui en parles pas ? Voilà Carl, j'entends son cheval. Je suppose que je vais monter à l'étage et enlever mes bottes. Non, je ne veux pas de dîner. Nous avons dîné à cinq heures, à la foire.

Emil était heureux de s'échapper et de rejoindre sa propre chambre. Il avait un peu honte pour sa sœur, même s'il avait essayé de ne pas le montrer. Il sentait qu'il y avait quelque chose d'indécent dans sa proposition et elle lui paraissait un peu ridicule. Il y avait assez de malheur dans le monde, pensa-t-il en se jetant sur son lit, sans que des gens de quarante ans s'imaginent vouloir se marier. Dans l'obscurité et le silence, Emil ne penserait probablement pas longtemps à Alexandra. Toutes les images ont disparu sauf une. Il avait vu Marie dans la foule cet après-midi-là. Elle vendait des bonbons à la foire. *Pourquoi* s'était-elle enfuie avec Frank Shabata , et comment pouvait-elle continuer à rire, à travailler et à s'intéresser aux choses ? Pourquoi aimait-elle tant de monde, et pourquoi avait-elle semblé contente alors que tous les garçons français et bohèmes, ainsi que le prêtre lui-même, se pressaient autour de son stand de bonbons ? Pourquoi se souciait-elle d'autre que lui ? Pourquoi ne pouvait-il jamais, jamais trouver ce qu'il cherchait dans ses yeux enjoués et affectueux ?

Puis il s'imagina qu'il avait regardé encore une fois et qu'il l'avait trouvée là, et ce que ce serait si elle l'aimait, elle qui, comme disait Alexandra, pouvait donner tout son cœur. Dans ce rêve, il pouvait rester allongé pendant des heures, comme en transe. Son esprit sortit de son corps et traversa les champs jusqu'à Marie Shabata .

Aux bals de l'Université, les filles avaient souvent regardé avec émerveillement le grand jeune Suédois à la belle tête, appuyé contre le mur et fronçant les sourcils, les bras croisés, les yeux fixés au plafond ou au sol. Toutes les filles avaient un peu peur de lui. Il avait l'air distingué et pas du genre jovial. Ils le trouvaient trop intense et trop préoccupé. Il y avait quelque chose de bizarre chez lui. La confrérie d'Emil était plutôt fière de ses danses, et parfois il faisait son devoir et dansait chaque danse. Mais qu'il soit par terre ou qu'il réfléchisse dans un coin, il pensait toujours à Marie Shabata . Depuis deux ans, la tempête s'amassait en lui.

XII

Carl entra dans le salon pendant qu'Alexandra allumait la lampe. Elle le regarda alors qu'elle ajustait le store. Ses épaules pointues se courbaient comme s'il était très fatigué, son visage était pâle et il y avait des ombres bleuâtres sous ses yeux sombres. Sa colère s'était éteinte et l'avait laissé malade et dégoûté.

« Vous avez vu Lou et Oscar ? » » demanda Alexandra.

"Oui." Ses yeux évitaient les siens.

Alexandra inspira profondément. « Et maintenant tu pars. Je le pensais."

Carl se jeta sur une chaise et repoussa la mèche sombre de son front avec sa main blanche et nerveuse. « Dans quelle situation désespérée tu te trouves, Alexandra ! s'exclama-t-il fébrilement. « C'est ton destin d'être toujours entouré de petits hommes. Et je ne suis pas meilleur que les autres. Je suis trop petit pour faire face aux critiques d'hommes comme Lou et Oscar. Oui, je m'en vais ; demain. Je ne peux même pas te demander de me faire une promesse tant que j'ai quelque chose à t'offrir. Je pensais que je pourrais peut-être faire cela ; mais je trouve que je ne peux pas.

"A quoi ça sert d'offrir aux gens des choses dont ils n'ont pas besoin ?" » demanda tristement Alexandra. «Je n'ai pas besoin d'argent. Mais j'ai eu besoin de toi depuis de nombreuses années. Je me demande pourquoi on m'a permis de prospérer, ne serait-ce que pour me retirer mes amis.

"Je ne me trompe pas", a déclaré franchement Carl. « Je sais que je pars pour mon propre compte. Je dois faire l'effort habituel. Je dois avoir quelque chose à montrer par moi-même. Pour prendre ce que vous me donneriez, il faudrait que je sois soit un homme très grand, soit un homme très petit, et je ne suis qu'un homme de la classe moyenne.

Alexandra soupira. « J'ai le sentiment que si tu pars, tu ne reviendras pas. Quelque chose va arriver à l'un de nous, ou aux deux. Les gens doivent s'emparer du bonheur quand ils le peuvent, dans ce monde. Il est toujours plus facile de perdre que de trouver. Ce que j'ai est à vous, si vous tenez suffisamment à moi pour le prendre.

Carl se leva et leva les yeux vers la photo de John Bergson. « Mais je ne peux pas, ma chérie, je ne peux pas ! Je vais immédiatement aller vers le nord. Au lieu de flâner en Californie tout l'hiver, je vais m'y repérer. Je ne perdrai pas une semaine de plus. Sois patiente avec moi, Alexandra. Donnez-moi un an !

"Comme tu veux", dit Alexandra avec lassitude. « D'un seul coup, en un seul jour, je perds tout ; et je ne sais pas pourquoi. Emil aussi s'en va. Carl étudiait toujours le visage de John Bergson et les yeux d'Alexandra suivaient les siens. « Oui, dit-elle, s'il avait pu voir tout ce qui résulterait de la tâche qu'il m'a confiée, il l'aurait regretté. J'espère qu'il ne me voit pas maintenant. J'espère qu'il est parmi les personnes âgées de son sang et de son pays, et que des nouvelles ne lui parviennent pas du Nouveau Monde.

PARTIE III.
SOUVENIRS D'HIVER

je

L'hiver s'est à nouveau installé sur la Division ; la saison où la nature récupère, où elle s'endort entre la fécondité de l'automne et la passion du printemps. Les oiseaux sont partis. La vie grouillante qui se déroule dans les hautes herbes est exterminée. Le chien de prairie garde son trou. Les lapins courent en frissonnant d'un jardin gelé à l'autre et ont du mal à trouver les tiges de chou rongées par le gel. La nuit, les coyotes parcourent les étendues hivernales en hurlant pour se nourrir. Les champs panachés sont désormais tous d'une seule couleur ; les pâturages, les chaumes, les routes, le ciel sont du même gris plombé. Les haies et les arbres sont à peine perceptibles sur la terre nue dont ils ont pris la teinte ardoisée. Le sol est tellement gelé qu'il meurtrit le pied pour marcher sur les routes ou dans les champs labourés. C'est comme un pays de fer, et l'esprit est opprimé par sa rigueur et sa mélancolie. On pourrait facilement croire que dans ce paysage mort les germes de vie et de fécondité étaient éteints à jamais.

Alexandra a repris son ancienne routine. Il y a des lettres hebdomadaires d'Emil. Elle n'a pas revu Lou et Oscar depuis le départ de Carl. Pour éviter les rencontres gênantes en présence de spectateurs curieux, elle a cessé de se rendre à l'église norvégienne et se rend en voiture à l'église réformée de Hanovre, ou bien elle se rend avec Marie Shabata à l'église catholique, connue localement sous le nom de « l'église française ». Elle n'a pas parlé à Marie de Carl ni de ses différences avec ses frères. Elle n'était jamais très communicative sur ses propres affaires, et quand elle en arrivait au fait, un instinct lui disait que sur de telles choses, elle et Marie ne se comprendraient pas.

La vieille Mme Lee avait eu peur que des malentendus familiaux ne la privent de sa visite annuelle à Alexandra. Mais le premier décembre, Alexandra téléphona à Annie pour lui dire que demain elle enverrait Ivar chercher sa mère, et le lendemain la vieille dame arriva avec ses paquets. Pendant douze ans, Mme Lee était toujours entrée dans le salon d'Alexandra avec la même exclamation : « Maintenant, nous sommes redevenus comme au bon vieux temps ! Elle appréciait la liberté qu'Alexandra lui donnait et entendait son propre langage à son sujet à longueur de journée. Ici, elle pourrait porter son bonnet de nuit et dormir avec toutes ses fenêtres fermées, écouter Ivar lire la Bible, et ici elle pourrait courir parmi les écuries dans une paire de vieilles bottes d'Emil. Même si elle était presque pliée en deux, elle était aussi vive qu'un gopher. Son visage était brun comme s'il avait été verni et plein de rides comme les mains d'une blanchisseuse. Il lui restait trois jolies vieilles dents devant la bouche, et quand elle souriait, elle avait l'air très complice, comme si, après avoir découvert comment les prendre, la vie n'était pas si mauvaise. Pendant qu'elle et Alexandra réparaient, reconstituaient et matelassaient, elle parlait sans cesse des histoires qu'elle lisait dans un journal familial suédois, racontant les intrigues avec beaucoup de détails ; ou sur sa vie dans une ferme laitière à Gottland quand elle était petite. Parfois, elle oubliait quelles étaient les histoires imprimées et lesquelles étaient les vraies histoires, tout cela semblait si loin. Elle adorait prendre un peu d'eau-de-vie, avec de l'eau chaude et du sucre, avant de se coucher, et Alexandra l'avait toujours préparé pour elle. «Ça fait de bons rêves», disait-elle avec un clin d'œil.

Alors que Mme Lee était avec Alexandra depuis une semaine, Marie Shabata a téléphoné un matin pour lui dire que Frank était allé en ville pour la journée et qu'elle aimerait qu'ils viennent prendre un café dans l'après-midi. Mme Lee s'empressa de laver et de repasser son nouveau tablier au point de croix, qu'elle avait terminé la veille seulement ; un tablier à carreaux vichy travaillé avec un motif de dix pouces de large sur le bas ; une scène de chasse, avec des sapins et un cerf, des chiens et des chasseurs. Mme Lee s'est montrée ferme avec elle-même au dîner et a refusé une deuxième portion de raviolis aux pommes. "Je pense que j'économise", dit-elle en riant.

À deux heures de l'après-midi, la charrette d'Alexandra arriva jusqu'à la porte des Shabatas et Marie vit le châle rouge de Mme Lee remonter le chemin. Elle courut vers la porte et entraîna la vieille femme dans la maison en la serrant dans ses bras, l'aidant à enlever ses écharpes pendant qu'Alexandra couvrait le cheval dehors. Mme Lee avait enfilé sa plus belle robe de satin noir – elle abhorrait les étoffes de laine, même en hiver – et un col en crochet, fermé par une grosse épingle en or pâle, contenant des daguerréotypes délavés de son père et de sa mère. Elle n'avait pas porté son tablier de peur de le froisser, et maintenant elle le secoua et l'attacha autour de sa taille d'un air conscient. Marie recula et leva les mains en s'écriant : « Oh, quelle beauté ! Je n'ai jamais vu celui-ci auparavant, n'est-ce pas, Mme Lee ?

La vieille femme rigola et baissa la tête. "Non, c'est certainement la nuit dernière que je fais . Voir distraire; Sera fort, pas de délavage , pas de décoloration. Ma sœur envoie de Suède . Je dois -un ta- merci que tu aimes ça.

Marie courut de nouveau vers la porte. «Entrez, Alexandra. J'ai regardé le tablier de Mme Lee. Arrêtez-vous en rentrant chez vous et montrez-le à Mme Hiller. Elle est folle de point de croix.

Pendant qu'Alexandra enlevait son chapeau et son voile, Mme Lee sortit à la cuisine et s'installa dans un rocking-chair en bois près du poêle, regardant avec beaucoup d'intérêt la table, dressée pour trois personnes, avec une nappe blanche et un pot de géraniums roses au milieu. « Mon Dieu, tu n'as pas besoin de belles plantes ; tellement de fleurs. Comment évitez-vous le gel ?

Elle montra les étagères des fenêtres pleines de fuchsias et de géraniums en fleurs.

« Je garde le feu toute la nuit, Mme Lee, et quand il fait très froid, je les mets tous sur la table, au milieu de la pièce. D'autres soirs, je ne mets que des journaux derrière eux. Frank se moque de moi parce que je fais des histoires, mais quand elles ne fleurissent pas , il dit : « Qu'est-ce qu'il y a avec ces fichues choses ? » — Qu'est-ce que tu entends de Carl, Alexandra ?

« Il est arrivé à Dawson avant que la rivière ne gèle, et maintenant je suppose que je n'en entendrai plus rien avant le printemps. Avant de quitter la Californie, il m'a envoyé une boîte de fleurs d'oranger, mais elles ne se sont pas très bien conservées. J'ai apporté pour vous un tas de lettres d'Emil. Alexandra sortit du salon et pinça joyeusement la joue de Marie. « Vous n'avez pas l'air d'avoir été gelé par le temps. Vous n'avez jamais de rhume, n'est-ce pas ? C'est une bonne fille. Elle avait les joues rouge foncé comme ça quand elle était petite, Mme Lee. Elle ressemblait à une étrange sorte de poupée étrangère. Je n'ai jamais oublié la première fois que je t'ai vue dans le magasin de Mieklejohn , Marie, la fois où mon père était malade. Carl et moi en parlions avant qu'il ne parte.

«Je me souviens, et Emil avait son chaton avec lui. Quand vas-tu envoyer la boîte de Noël d'Emil ?

«Cela aurait dû se passer avant cela. Je vais devoir l'envoyer par courrier maintenant, pour qu'il arrive à temps.

Marie sortit de son panier une cravate en soie violet foncé. «J'ai tricoté ça pour lui. C'est une bonne couleur, tu ne trouves pas ? Voudriez-vous s'il vous plaît le mettre avec vos affaires et lui dire que cela vient de moi, à porter quand il fera une sérénade.

Alexandra rit. «Je ne crois pas qu'il fasse beaucoup de sérénades. Il dit dans une lettre que les dames mexicaines sont réputées très belles, mais cela ne me semble pas un éloge très chaleureux.

Marie secoua la tête. « Emil ne peut pas me tromper. S'il a acheté une guitare, il fait une sérénade. Qui ne le ferait pas, avec toutes ces filles espagnoles qui laissent tomber des fleurs par les fenêtres ! Je leur chanterais tous les soirs, n'est-ce pas, Mme Lee ?

La vieille dame rit. Ses yeux s'illuminèrent lorsque Marie se pencha et ouvrit la porte du four. Un délicieux parfum chaud se répandait dans la cuisine bien rangée. "Mon Dieu, quelque chose sent bon!" Elle se tourna vers Alexandra avec un clin d'œil, ses trois dents jaunes faisant un spectacle courageux : « Je te remercie . ça empêche mon lacet de ne plus me faire mal ! » dit-elle avec contentement.

Marie sortit une poêle de délicats petits pains farcis de compote d'abricots et commença à les saupoudrer de sucre en poudre. « J'espère que vous aimerez ça, Mme Lee ; Alexandra le fait. Les bohémiens les aiment toujours avec leur café. Mais si tu ne le fais pas, j'ai un gâteau au café avec des noix et des graines de pavot. Alexandra, tu vas chercher le pot à crème ? Je l'ai mis à la fenêtre pour le garder au frais.

« Les Bohémiens, dit Alexandra en s'approchant de la table, savent certainement faire plus de sortes de pain que n'importe quel autre peuple au monde. La vieille Mme Hiller m'a dit un jour au souper de l'église qu'elle pouvait préparer sept sortes de pains raffinés, mais que Marie pouvait en faire une douzaine.

Mme Lee a tenu l'un des rouleaux d'abricots entre son pouce et son index bruns et l'a pesé d'un œil critique. « Tu es comme un fedders », prononça-t-elle avec satisfaction. "Mon Dieu, c'est pas gentil !" s'exclama-t-elle en remuant son café. " Je dois prendre une cuillère crie maintenant aussi, je ta-ank .

Alexandra et Marie se moquèrent de sa prévoyance et se mirent à parler de leurs propres affaires. « J'avais peur que tu aies un rhume quand je t'ai parlé au téléphone l'autre soir, Marie. Qu'est-ce qu'il y avait, est-ce que tu avais pleuré ?

"Peut-être que je l'avais fait", sourit Marie d'un air coupable. «Frank était sorti tard dans la nuit. Ne vous sentez-vous pas seul parfois en hiver, quand tout le monde est parti ?

«Je pensais que c'était quelque chose comme ça. Si je n'avais pas eu de compagnie, j'aurais couru voir par moi-même. Si vous êtes découragé, qu'adviendra-t-il de nous autres ? » demanda Alexandra.

« Ce n'est pas le cas, très souvent. Voilà Mme Lee sans café ! »

Plus tard, lorsque Mme Lee a déclaré que ses pouvoirs étaient épuisés, Marie et Alexandra sont montées à l'étage pour chercher des modèles de crochet que la vieille dame voulait emprunter. « Tu ferais mieux de mettre ton manteau, Alexandra. Il fait froid là-haut et je n'ai aucune idée d'où se trouvent ces tendances. Je devrai peut-être fouiller dans mes vieilles malles. Marie attrapa un châle et ouvrit la porte de l'escalier, montant les marches devant son invité. « Pendant que je fouille les tiroirs du bureau, vous pourriez regarder dans ces boîtes à chapeaux sur l'étagère du placard, là où sont suspendus les vêtements de Frank. Il y a beaucoup de bric-à-brac en eux.

Elle commença à fouiller le contenu des tiroirs et Alexandra entra dans le placard. Bientôt, elle revint, tenant à la main un mince bâton élastique jaune.

« Qu'est-ce que c'est que ça, Marie ? Vous ne voulez pas me dire que Frank a déjà porté une chose pareille ?

Marie cligna des yeux avec étonnement et s'assit par terre. "Où l'as tu trouvé? Je ne savais pas qu'il l'avait gardé. Je ne l'ai pas vu depuis des années.

« C'est vraiment une canne, alors ? »

"Oui. Celui qu'il a ramené du vieux pays. Il le portait quand je l'ai connu pour la première fois. N'est-ce pas stupide ? Pauvre Frank !

Alexandra fit tournoyer le bâton entre ses doigts et rit. "Il devait avoir l'air drôle!"

Marie était réfléchie. « Non, vraiment, il ne l'a pas fait. Cela ne semblait pas déplacé. Il était terriblement gay comme ça quand il était jeune. Je suppose que les gens obtiennent toujours ce qui est le plus difficile pour eux, Alexandra. Marie rapprocha le châle autour d'elle et regardait toujours la canne avec attention. "Frank serait bien au bon endroit", dit-elle pensivement. « Il devrait avoir un autre type d'épouse, d'abord. Tu sais, Alexandra, je pourrais choisir exactement le genre de femme qui conviendrait à Frank, maintenant. Le problème, c'est qu'il faut presque épouser un homme avant de pouvoir découvrir le genre d'épouse dont il a besoin ; et généralement c'est exactement le genre de personne que vous n'êtes pas. Alors qu'est-ce que tu vas faire à ce sujet ? » a-t-elle demandé franchement.

Alexandra a avoué qu'elle ne savait pas. "Cependant", a-t-elle ajouté, "il me semble que vous vous entendez aussi bien avec Frank que n'importe quelle femme que j'ai jamais vue ou entendu parler."

Marie secoua la tête, pinçant les lèvres et soufflant doucement son souffle chaud dans l'air glacial. "Non; J'ai été gâté à la maison. J'aime ma propre façon et j'ai une langue rapide. Quand Frank se vante, je dis des choses acerbes, et il n'oublie jamais. Il le repasse sans cesse dans sa tête ; Je peux le sentir. Alors je suis trop étourdi. La femme de Frank devrait être timide, et elle ne devrait pas se soucier d'un autre être vivant dans le monde, mais seulement de Frank ! Je ne l'ai pas fait quand je l'ai épousé, mais je suppose que j'étais trop jeune pour rester comme ça. Marie soupira.

Alexandra n'avait jamais entendu Marie parler aussi franchement de son mari et elle estimait qu'il était plus sage de ne pas l'encourager. Il ne servait à rien, pensa-t-elle, de parler de telles choses, et tandis que Marie réfléchissait à voix haute, Alexandra fouillait régulièrement les boîtes à chapeaux. "Ce ne sont pas les modèles, Maria?"

Maria sauta du sol. « Effectivement, nous recherchions des modèles, n'est-ce pas ? J'avais tout oublié sauf l'autre femme de Frank. Je vais ranger ça.

Elle passa la canne derrière les vêtements du dimanche de Frank et, même si elle riait, Alexandra vit qu'elle avait les larmes aux yeux.

Lorsqu'ils retournèrent à la cuisine, la neige commençait à tomber et les visiteurs de Marie pensaient qu'ils devaient rentrer chez eux. Elle les accompagna jusqu'au chariot et rentra les robes autour de la vieille Mme Lee tandis qu'Alexandra enlevait la couverture de son cheval. Tandis qu'ils s'éloignaient, Marie se retourna et rentra lentement vers la maison. Elle prit le paquet de lettres qu'Alexandra avait apporté, mais elle ne les lut pas. Elle les retourna et regarda les timbres étrangers, puis resta assise à regarder la neige voler tandis que le crépuscule s'approfondissait dans la cuisine et que la cuisinière émettait une lueur rouge.

Marie savait parfaitement que les lettres d'Émile étaient écrites plus pour elle que pour Alexandra. Ce n'était pas le genre de lettres qu'un jeune homme écrit à sa sœur. Ils étaient à la fois plus personnels et plus minutieux ; plein de descriptions de la vie gay dans l'ancienne capitale mexicaine à l'époque où la main forte de Porfirio Díaz était encore forte. Il racontait les combats de taureaux et de coqs, les églises et *les fêtes* , les marchés aux fleurs et les fontaines, la musique et les danses, les gens de toutes les nations qu'il rencontrait dans les restaurants italiens de la rue San Francisco. Bref, c'était le genre de lettres qu'un jeune homme écrit à une femme lorsqu'il veut que sa vie et lui-même lui paraissent intéressantes, lorsqu'il veut mobiliser son imagination à son service.

Marie, lorsqu'elle était seule ou lorsqu'elle cousait le soir, pensait souvent à ce que ça devait être là-bas, là où était Emil ; où il y avait des fleurs et des fanfares partout, et des voitures qui claquaient de haut en bas, et où il y avait devant la cathédrale un petit cireur aveugle qui pouvait jouer n'importe quelle mélodie qu'on demandait en laissant tomber les couvercles des boîtes à noircir sur la pierre pas. Quand tout est fait et fini pour une personne à vingt-trois ans, il est agréable de laisser vagabonder son esprit et de suivre un jeune aventurier qui a la vie devant lui. «Et sans moi», pensa-t-elle, «Frank serait peut-être encore libre comme ça et passerait un bon moment à se faire admirer. Pauvre Frank, se marier n'était pas non plus très bon pour lui. J'ai peur de mettre les gens contre lui, comme il le dit. J'ai l'impression, d'une manière ou d'une autre, de le trahir tout le temps. Peut-être qu'il essaierait à nouveau de plaire aux gens, si je n'étais pas là. On dirait que je le rends toujours aussi mauvais qu'il peut l'être.

Plus tard dans l'hiver, Alexandra considérait cet après-midi comme la dernière visite satisfaisante qu'elle avait eue avec Marie. Depuis ce jour, la jeune femme semblait se replier de plus en plus sur elle-même. Lorsqu'elle était avec Alexandra, elle n'était plus spontanée et franche comme avant. Elle semblait réfléchir à quelque chose et retenir quelque chose. La météo était pour beaucoup dans le fait qu'ils se voyaient moins que d'habitude. Il n'y avait pas eu de telles tempêtes de neige depuis vingt ans, et le chemin à travers les champs était profondément creusé de Noël jusqu'en mars. Quand les deux voisins allaient se voir, ils devaient faire le tour par le chemin des charrettes, qui était deux fois plus loin. Ils se téléphonèrent presque tous les soirs, même si en janvier il y eut une période de trois semaines où les fils étaient coupés et où le facteur ne venait pas du tout.

Marie courait souvent voir sa plus proche voisine, la vieille Mme Hiller, infirme de rhumatismes et qui n'avait que son fils, le cordonnier boiteux, pour s'occuper d'elle ; et elle se rendait à l'Église française, quel que soit le temps. C'était une fille sincèrement pieuse. Elle priait pour elle, pour Frank et pour Emil, parmi les tentations de cette vieille ville gaie et corrompue. Cet hiver-là, elle trouva plus de réconfort dans l'Église que jamais auparavant. Il semblait se rapprocher d'elle et combler un vide qui lui faisait mal au cœur. Elle a essayé d'être patiente avec son mari. Lui et son employé jouaient généralement au California Jack le soir. Marie cousait ou crochetait et essayait de s'intéresser amicalement au jeu, mais elle pensait toujours aux vastes champs dehors, où la neige tombait par-dessus les clôtures ; et autour du verger, où la neige tombait et se tassait, croûte sur croûte. Lorsqu'elle sortait dans la cuisine sombre pour préparer ses plantes pour la nuit, elle se tenait près de la fenêtre et regardait les champs blancs ou regardait les courants de neige tourbillonner sur le verger. Elle semblait sentir le poids de toute la neige qui s'y trouvait. Les branches étaient devenues si dures qu'elles vous blessaient à la main si vous essayiez de casser une brindille. Et pourtant, sous les croûtes gelées, aux racines des arbres, le secret de la vie était encore en sécurité, chaud comme le sang du cœur ; et le printemps reviendrait ! Oh, ça reviendrait !

II

Si Alexandra avait eu beaucoup d'imagination , elle aurait pu deviner ce qui se passait dans la tête de Marie, et elle aurait vu bien avant ce qui se passait dans celui d'Emil. Mais c'était là, comme Emil lui-même l'avait réfléchi à plusieurs reprises, le côté aveugle d'Alexandra, et sa vie n'avait pas été de nature à aiguiser sa vision. Sa formation avait pour but de la rendre compétente dans ce qu'elle avait entrepris de faire. Sa vie personnelle, sa propre réalisation d'elle-même, était presque une existence subconsciente ; comme une rivière souterraine qui ne remontait à la surface qu'ici et là, à des mois d'intervalle, puis coulait à nouveau pour couler sous ses propres champs. Pourtant le courant souterrain était là, et c'est parce qu'elle avait tant de personnalité à mettre dans ses entreprises et qu'elle réussissait à y mettre si complètement que ses affaires prospéraient mieux que celles de ses voisins.

Il y avait dans sa vie certains jours, apparemment sans incident, dont Alexandra se souvenait comme particulièrement heureux ; des jours où elle était proche du monde plat et en friche qui l'entourait et où elle sentait comme dans son propre corps la joyeuse germination du sol. Il y avait aussi des jours qu'elle et Emil avaient passés ensemble, sur lesquels elle aimait se remémorer. Il y avait eu un jour où ils étaient sur la rivière pendant une année sèche, observant la terre. Ils étaient partis tôt un matin et avaient parcouru un long chemin avant midi. Quand Emil dit qu'il avait faim, ils se retirèrent de la route, donnèrent son avoine à Brigham parmi les buissons et grimpèrent au sommet d'une falaise herbeuse pour déjeuner à l'ombre de quelques petits ormes. La rivière y était claire et peu profonde, puisqu'il n'y avait pas eu de pluie, et elle coulait en ondulations sur le sable étincelant. Sous les saules en surplomb de la rive opposée, il y avait une crique où l'eau était plus profonde et coulait si lentement qu'elle semblait dormir au soleil. Dans cette petite baie, un seul canard sauvage nageait, plongeait et lissait ses plumes, s'amusant très joyeusement dans l'ombre et la lumière vacillantes. Ils restèrent longtemps assis, regardant l'oiseau solitaire prendre son plaisir. Aucun être vivant n'avait jamais paru à Alexandra aussi beau que ce canard sauvage. Emil devait avoir ressenti cela comme elle, car plus tard, quand ils étaient à la maison, il lui disait parfois : « Ma sœur, tu connais notre canard là-bas... » Alexandra se souvenait de ce jour comme de l'un des plus heureux de sa vie. Des années plus tard, elle pensait au canard toujours là, nageant et plongeant tout seul au soleil, une sorte d'oiseau enchanté qui ne connaissait ni l'âge ni le changement.

La plupart des souvenirs heureux d'Alexandra étaient aussi impersonnels que celui-ci ; pourtant, pour elle, ils étaient très personnels. Son esprit était un livre blanc, avec des écrits clairs sur la météo, les bêtes et les choses en croissance. Peu de gens auraient voulu le lire ; seulement quelques heureux.

Elle n'avait jamais été amoureuse, elle ne s'était jamais livrée à des rêveries sentimentales. Même lorsqu'elle était petite, elle considérait les hommes comme des collègues de travail. Elle avait grandi dans des temps difficiles.

Il y avait en effet une fantaisie qui persista tout au long de son enfance. Cela lui revenait le plus souvent le dimanche matin, le seul jour de la semaine où elle se couchait tard et écoutait les sons familiers du matin ; le moulin à vent chantait dans la brise vive, Emil sifflait alors qu'il cirait ses bottes près de la porte de la cuisine. Parfois, tandis qu'elle restait ainsi luxueusement oisive, les yeux fermés, elle avait l'illusion d'être soulevée corporellement et portée légèrement par quelqu'un de très fort. C'était un homme, certes, qui la portait, mais il ne ressemblait à aucun homme qu'elle connaissait ; il était beaucoup plus grand, plus fort et plus rapide, et il la portait aussi facilement que si elle était une gerbe de blé. Elle ne l'a jamais vu, mais, les yeux fermés, elle pouvait sentir qu'il était jaune comme le soleil et qu'il y avait autour de lui une odeur de champs de maïs mûrs. Elle le sentait s'approcher, se pencher sur elle et la soulever, puis elle se sentait emportée rapidement à travers les champs. Après une telle rêverie, elle se levait précipitamment, fâchée contre elle-même, et descendait aux bains séparés de la remise de la cuisine. Là, elle se tenait dans une baignoire en fer blanc et poursuivait son bain avec vigueur, le terminant en versant des seaux d'eau de puits froide sur son corps blanc et brillant qu'aucun homme sur la Ligne de partage n'aurait pu porter très loin.

En grandissant, cette fantaisie lui venait plus souvent lorsqu'elle était fatiguée que lorsqu'elle était fraîche et forte. Parfois, après avoir été en plein air toute la journée, supervisant le marquage du bétail ou le chargement des porcs, elle rentrait fraîche, prenait une concoction d'épices et de vin chaud fait maison et se couchait avec son corps. en fait, je souffrais de fatigue. Puis, juste avant de s'endormir, elle eut la vieille sensation d'être soulevée et portée par un être fort qui lui enlevait toute sa lassitude corporelle.

PARTIE IV.
LE MÛRIIER BLANC

je

L'église française, proprement dite église Sainte-Agnès, se dressait sur une colline. Le bâtiment haut et étroit en briques rouges, avec son haut clocher et son toit abrupt, était visible à des kilomètres à travers les champs de blé, même si la petite ville de Sainte-Agnès était complètement cachée au pied de la colline. L'église semblait puissante et triomphante sur son éminence, si haute au-dessus du reste du paysage, avec des kilomètres de couleurs chaudes à ses pieds, et par sa position et son emplacement, elle rappelait certaines des églises construites autrefois dans le blé. -terres de la moyenne France.

Tard dans l'après-midi du mois de juin, Alexandra Bergson conduisait sur l'une des nombreuses routes qui traversaient la riche campagne agricole française jusqu'à la grande église. La lumière du soleil brillait directement sur son visage, et il y avait un éclat de lumière tout autour de l'église rouge sur la colline. À côté d'Alexandra se trouvait une silhouette étonnamment exotique coiffée d'un grand chapeau mexicain, d'une ceinture en soie et d'une veste en velours noir cousue de boutons argentés. Emil n'était revenu que la veille, et sa sœur était si fière de lui qu'elle décida aussitôt de l'emmener au souper de l'église et de lui faire porter le costume mexicain qu'il avait rapporté dans sa malle. «Toutes les filles qui ont des stands vont porter des costumes fantaisie», a-t-elle soutenu, «et certains garçons. Marie va prédire l'avenir et elle envoie à Omaha chercher une robe de bohème que son père a rapportée d'une visite au vieux pays. Si vous portez ces vêtements, ils seront tous ravis. Et tu dois prendre ta guitare. Tout le monde devrait faire ce qu'il peut pour nous aider, et nous n'avons jamais fait grand-chose. Nous ne sommes pas une famille talentueuse.

Le souper devait avoir lieu à six heures, au sous-sol de l'église, et ensuite il y aurait une foire, avec des charades et une vente aux enchères. Alexandra était partie tôt de chez elle, laissant la maison à Signa et Nelse Jensen, qui devaient se marier la semaine prochaine. Signa avait timidement demandé que le mariage soit reporté jusqu'au retour d'Emil.

Alexandra était très satisfaite de son frère. Alors qu'ils traversaient la campagne française vallonnée en direction du soleil couchant et de la solide église, elle pensait à cette époque lointaine où elle et Emil revenaient de la vallée fluviale vers la Division encore invaincue. Oui, se dit-elle, cela en valait la peine ; Emil et le pays étaient devenus ce qu'elle avait espéré. Parmi les enfants de son père, il y en avait un qui était apte à affronter le monde, qui n'avait pas été attaché à la charrue et qui avait une personnalité indépendante de la terre. Et c'est pour cela, pensa-t-elle, qu'elle avait travaillé. Elle se sentait très satisfaite de sa vie.

Lorsqu'ils arrivèrent à l'église, une vingtaine d'équipes étaient attelées devant les portes du sous-sol qui s'ouvraient à flanc de colline sur la terrasse sablée où les garçons luttaient et faisaient des matchs de saut d'obstacles. Amédée Chevalier, fier papa d'une semaine, s'est précipité dehors et a embrassé Emil. Amédée était fils unique , donc un jeune homme très riche, mais il comptait avoir lui-même vingt enfants, comme son oncle Xavier. « Oh, Emil, » cria-t-il en serrant son vieil ami dans ses bras avec ravissement, « pourquoi n'es- tu pas allé voir mon garçon ? Vous venez demain, bien sûr ? Emil, tu veux avoir un garçon tout de suite ! C'est la meilleure chose qui soit ! Non non Non! Angel n'est pas malade du tout. Tout va bien. Ce garçon est venu au monde en riant , et il rit depuis . Venez voir ! » Il martelait les côtes d'Emil pour souligner chaque annonce.

Emil lui attrapa les bras. « Arrête, Amédée . Vous me coupez le souffle. Je lui ai apporté des tasses, des cuillères, des couvertures et des mocassins en quantité suffisante pour un asile d'orphelins. Je suis vraiment content que ce soit un garçon, bien sûr ! »

Les jeunes gens se pressaient autour d'Émile pour admirer son costume et lui raconter d'un souffle tout ce qui s'était passé depuis son départ. Emil avait plus d'amis ici, en France, qu'à Norwegian Creek. Les garçons français et bohèmes étaient fougueux et joyeux, aimaient la variété et étaient tout aussi prédisposés à favoriser tout ce qui était nouveau que les garçons scandinaves à le rejeter. Les garçons norvégiens et suédois étaient beaucoup plus égocentriques , enclins à être égoïstes et jaloux. Ils étaient prudents et réservés avec Emil parce qu'il était parti à l'université et étaient prêts à le faire tomber s'il essayait de prendre de l'air avec eux. Les garçons français aimaient un peu de fanfaronnade et étaient toujours ravis d'entendre parler de quelque chose de nouveau : de nouveaux vêtements, de nouveaux jeux, de nouvelles chansons, de nouvelles danses. Maintenant, ils emmenèrent Emil pour lui montrer la salle du club qu'ils venaient d'aménager au-dessus de la poste, en bas du village. Ils dévalèrent la colline en courant, tous riant et bavardant à la fois, certains en français, d'autres en anglais.

Alexandra entra dans le sous-sol frais et blanchi à la chaux où les femmes mettaient les tables. Marie, debout sur une chaise, construisait une petite tente de châles où elle devait prédire l'avenir. Elle sauta à terre et courut vers Alexandra, s'arrêtant net et la regardant avec déception. Alexandra lui fit un signe de tête encourageant.

« Oh, il sera là, Marie. Les garçons l'ont emmené pour lui montrer quelque chose. Vous ne le connaîtrez pas. C'est un homme maintenant, bien sûr. Je n'ai plus de garçon. Il fume des cigarettes mexicaines à l'odeur nauséabonde et parle espagnol. Comme tu es jolie, mon enfant. Où as-tu trouvé ces belles boucles d'oreilles ?

« Ils appartenaient à la mère de mon père. Il me les a toujours promis. Il les a envoyés avec la robe et a dit que je pouvais les garder.

Marie portait une jupe courte rouge en tissu solidement tissé, un corsage et une jupe blancs, un turban de soie jaune enroulé bas sur ses boucles brunes et de longs pendentifs de corail à ses oreilles. Ses oreilles avaient été percées contre un morceau de liège par sa grand-tante lorsqu'elle avait sept ans. En ces jours sans germes, elle avait porté des morceaux de paille à balai, arrachés au balai commun, dans les lobes jusqu'à ce que les trous soient guéris et prêts à accueillir de petits anneaux d'or.

Quand Emil revenait du village, il s'attardait dehors sur la terrasse avec les garçons. Marie l'entendait parler et gratter sa guitare pendant que Raoul Marcel chantait du fausset. Elle lui en voulait de rester là-bas. Cela la rendait très nerveuse de l'entendre et de ne pas le voir ; car, certes, se disait-elle, elle n'allait pas le chercher. Lorsque la cloche du dîner sonna et que les garçons arrivèrent en masse pour s'asseoir à la première table, elle oublia tout son agacement et courut saluer le plus grand de la foule, dans sa tenue ostentatoire. Cela ne la dérangeait pas du tout de montrer son embarras. Elle rougit et rit avec enthousiasme en tendant la main à Emil, et regarda avec ravissement le manteau de velours noir qui faisait ressortir sa peau claire et sa fine tête blonde. Marie était incapable d'être tiède pour tout ce qui lui plaisait. Elle ne savait tout simplement pas comment donner une réponse sans enthousiasme. Lorsqu'elle était ravie, elle se mettait probablement sur la pointe des pieds et tapait dans ses mains. Si les gens se moquaient d'elle, elle riait avec eux.

« Est-ce que les hommes portent des vêtements comme ça tous les jours, dans la rue ? Elle attrapa Emil par la manche et le retourna. « Oh, j'aurais aimé vivre là où les gens portaient des choses comme ça ! Les boutons sont-ils vraiment argentés ? Mettez le chapeau, s'il vous plaît. Quelle chose lourde ! Comment le portez-vous ? Pourquoi ne nous parles-tu pas des corridas ?

Elle voulait lui arracher toutes ses expériences d'un coup, sans attendre un instant. Emil sourit avec tolérance et la regarda avec son vieux regard maussade, tandis que les filles françaises voletaient autour de lui dans leurs robes blanches et leurs rubans, et qu'Alexandra regardait la scène avec fierté. Plusieurs des filles françaises, Marie le savait, espéraient qu'Emil les emmènerait souper, et elle fut soulagée lorsqu'il n'emmena que sa sœur. Marie attrapa Frank par le bras et l'entraîna jusqu'à la même table, parvenant à s'asseoir en face des Bergson , pour pouvoir entendre de quoi ils parlaient. Alexandra fit raconter à Emil à Mme Xavier Chevalier, la mère des vingt enfants, comment il avait vu un célèbre matador se tuer dans les arènes. Marie écoutait chaque mot, ne quittant Emil des yeux que pour surveiller l'assiette de Frank et la garder remplie. Quand Emil eut terminé son récit, assez sanglant pour satisfaire Mme Xavier et lui faire éprouver de la gratitude de ne pas être un matador, Marie éclata avec une volée de questions.

Comment s'habillaient les femmes lorsqu'elles allaient aux corridas ? Portaient-ils des mantilles ? N'ont-ils jamais porté de chapeau ?

Après le dîner, les jeunes gens jouaient des charades pour amuser leurs aînés, qui bavardaient entre leurs suppositions. Toutes les boutiques de Sainte-Agnès furent fermées à huit heures du soir, afin que les marchands et leurs commis puissent assister à la foire. La vente aux enchères était la partie la plus animée du divertissement, car les jeunes Français perdaient toujours la tête lorsqu'ils commençaient à enchérir, convaincus que leur extravagance était pour une bonne cause. Après que tous les coussins, coussins de canapé et pantoufles brodés aient été vendus, Emil a précipité la panique en sortant un de ses boutons de chemise turquoise, que tout le monde admirait, et en le remettant au commissaire-priseur. Toutes les Françaises le réclamaient à grands cris, et leurs amants s'affrontaient avec insouciance. Marie le voulait aussi, et elle ne cessait de faire des signaux à Frank, qu'il prenait un plaisir aigre à ignorer. Il ne voyait pas l'utilité de faire des histoires à propos d'un type simplement parce qu'il était habillé comme un clown. Lorsque la turquoise fut offerte à Malvina Sauvage , la fille du banquier français, Marie haussa les épaules et se dirigea vers sa petite tente de châles, où elle se mit à battre ses cartes à la lueur d'une bougie de suif en criant : « Fortune, fortune ! »

Le jeune curé, l'abbé Duchesne, alla le premier se faire lire la bonne aventure. Marie prit sa longue main blanche, la regarda, puis se mit à courir ses cartes. «Je vois pour toi un long voyage à travers l'eau, Père. Vous irez dans une ville entièrement coupée par les eaux ; construit sur des îles, semble-t-il, entouré de rivières et de champs verts. Et tu rendras visite à une vieille dame avec un bonnet blanc et des cerceaux d'or aux oreilles, et tu y seras très heureux.

« Mais , oui », dit le curé avec un sourire mélancolique. " C'est L'Isle -Adam, chez ma mère . Vous es très savante , ma fille. Il tapota son turban jaune en appelant : « Venez donc , mes garçons ! Il y a un ici une véritable clairvoyante !

Marie était douée pour la bonne aventure, se livrant à une légère ironie qui amusait la foule. Elle dit au vieux Brunot , l'avare, qu'il perdrait tout son argent, épouserait une fille de seize ans et vivrait heureux avec une croûte. Sholte , le gros garçon russe qui vivait pour son ventre, devait être déçu en amour, maigrir et se tirer une balle de découragement. Amédée aura vingt enfants, dont dix-neuf filles. Amédée donne une tape dans le dos de Frank et lui demande pourquoi il ne voit pas ce que la voyante lui promettra. Mais Frank secoua sa main amicale et grogna : « Elle m'a prédit l'avenir il y a longtemps ; assez mauvais!" Puis il se retira dans un coin et s'assit en lançant un regard noir à sa femme.

Le cas de Frank était d'autant plus douloureux qu'il n'avait personne en particulier sur qui fixer sa jalousie. Parfois, il aurait pu remercier l'homme qui lui apporterait des preuves contre sa femme. Il avait licencié un bon garçon de ferme, Jan Smirka , parce qu'il pensait que Marie l'aimait ; mais Jan ne semblait pas lui avoir manqué quand il était parti, et elle avait été tout aussi gentille avec le garçon suivant. Les ouvriers agricoles feraient toujours n'importe quoi pour Marie ; Frank n'en trouvait pas une si hargneuse qu'il ne fasse pas l'effort de lui plaire. Au fond de son cœur, Frank savait pertinemment que s'il parvenait un jour à abandonner sa rancune, sa femme reviendrait vers lui. Mais il ne pourrait jamais faire cela. La rancune était fondamentale. Peut-être qu'il n'aurait pas pu y renoncer s'il avait essayé. Peut-être tirait-il plus de satisfaction de se sentir maltraité que d'être aimé. S'il avait pu rendre Marie complètement malheureuse, il aurait pu céder et la relever de la poussière. Mais elle ne s'était jamais humiliée. Dans les premiers jours de leur amour, elle avait été son esclave ; elle l'avait admiré abandonné. Mais au moment où il commença à la brutaliser et à être injuste, elle commença à s'éloigner ; d'abord avec un étonnement en larmes, puis avec un dégoût silencieux et inexprimé. La distance entre eux s'était élargie et durcie. Il ne se contractait plus et les rapprochait brusquement. L'étincelle de sa vie était partie ailleurs, et il la surprenait toujours. Il savait qu'elle devait ressentir quelque part un sentiment sur lequel vivre, car elle n'était pas une femme capable de vivre sans aimer. Il voulait se prouver qu'il avait tort. Que cachait-elle dans son cœur ? Où est-il allé? Même Frank avait ses délices grossiers ; il ne lui a jamais rappelé à quel point elle l'avait aimé autrefois. Marie lui en était reconnaissante.

Pendant que Marie bavardait avec les garçons français, Amédée appela Emil au fond de la salle et lui murmura qu'ils allaient faire une blague aux filles. À onze heures, Amédée devait s'approcher du standard du vestibule et éteindre les lumières électriques, et chaque garçon aurait l'occasion d'embrasser sa chérie avant que l'abbé Duchesne puisse monter les escaliers pour allumer le courant. encore. La seule difficulté était la bougie dans la tente de Marie ; peut-être, comme Emil n'avait pas d'amoureuse, ferait-il plaisir aux garçons en soufflant la bougie. Emil a dit qu'il s'y engagerait.

À onze heures moins cinq, il se dirigea vers le stand de Marie et les garçons français se dispersèrent pour retrouver leurs filles. Il se pencha au-dessus de la table de jeu et s'abandonna à la regarder. « Pensez-vous que vous pourriez prédire mon avenir ? » murmura-t-il. C'était le premier mot qu'il avait seul avec elle depuis près d'un an. « Ma chance n'a rien changé. C'est juste la même chose.

Marie s'était souvent demandé s'il y avait quelqu'un d'autre qui pourrait vous confier ses pensées comme Emil. Ce soir-là, lorsqu'elle rencontrait ses yeux fermes et puissants, il était impossible de ne pas ressentir la douceur du rêve qu'il faisait ; il l'atteignit avant qu'elle puisse l'exclure et se cacha dans son cœur. Elle commença à mélanger furieusement ses cartes. «Je suis en colère contre toi, Emil», éclata-t-elle avec irritabilité. « Pourquoi leur as-tu donné cette jolie pierre bleue à vendre ? Vous saviez peut-être que Frank ne l'achèterait pas pour moi, et je le voulais terriblement !

Emil rit brièvement. « Les gens qui veulent de si petites choses devraient sûrement les avoir », dit-il sèchement. Il fourra la main dans la poche de son pantalon de velours et en sortit une poignée de turquoises brutes, grosses comme des billes. Se penchant sur la table, il les déposa sur ses genoux. « Là, est-ce que ça fera l'affaire ? Attention, ne laissez personne les voir . Maintenant, je suppose que tu veux que je m'en aille et que je te laisse jouer avec eux ?

Marie regardait avec ravissement la douce couleur bleue des pierres. « Ah, Émile ! Est-ce que tout là-bas est beau comme ça ? Comment as-tu pu repartir ?

A cet instant , Amédée met la main sur le standard. Il y eut un frisson et un rire, et tout le monde regarda vers le flou rouge que la bougie de Marie faisait dans le noir. Immédiatement, cela aussi disparut. De petits cris et des courants de rires doux parcouraient le couloir sombre. Marie sursauta , — directement dans les bras d'Emil. Au même instant, elle sentit ses lèvres. Le voile qui était resté si longtemps suspendu entre eux, incertain, fut dissous. Avant de savoir ce qu'elle faisait, elle s'était engagée dans ce baiser qui était à la fois celui d'un garçon et d'un homme , aussi timide que tendre ; il ressemble tellement à Emil et ne ressemble à personne d'autre au monde. Ce n'est qu'à la fin qu'elle réalisa ce que cela signifiait. Et Emil, qui avait si souvent imaginé le choc de ce premier baiser, fut surpris de sa douceur et de son naturel. C'était comme un soupir qu'ils avaient poussé ensemble ; presque tristes, comme si chacun avait peur de réveiller quelque chose chez l'autre.

Quand les lumières se sont rallumées, tout le monde riait et criait, et toutes les Françaises étaient roses et brillantes de gaieté. Seule Marie, dans sa petite tente de châles, était pâle et tranquille. Sous son turban jaune, les pendentifs en corail rouge se balançaient sur ses joues blanches. Frank la regardait toujours, mais il semblait ne rien voir. Il y a des années, il avait lui-même eu le pouvoir de prélever ainsi le sang de ses joues. Peut-être ne s'en souvenait-il pas — peut-être ne l'avait-il jamais remarqué ! Emil était déjà à l'autre bout de la salle, marchant avec le mouvement d'épaule qu'il avait acquis chez les Mexicains, étudiant le sol de ses yeux attentifs et enfoncés. Marie commença à démonter et plier ses châles. Elle ne leva plus les yeux. Les jeunes se sont dirigés vers l'autre bout de la salle où résonnait la guitare. En un instant, elle entendit Emil et Raoul chanter :

« De l'autre côté du Rio Grand ,
il y a une terre ensoleillée, mon Mexique aux yeux brillants !

Alexandra Bergson s'est approchée du stand de cartes. «Laisse-moi t'aider, Marie. Tu as l'air fatigué."

Elle posa la main sur le bras de Marie et la sentit frissonner. Marie se raidit sous cette main douce et calme. Alexandra recula, perplexe et blessée.

Il y avait chez Alexandra quelque chose de ce calme imperméable du fataliste, toujours déconcertant pour les très jeunes gens, qui ne peuvent sentir que le cœur vit s'il n'est encore à la merci des tempêtes ; à moins que ses cordes ne puissent crier au contact de la douleur.

Le dîner de noces de Signa était terminé. Les invités et l'ennuyeux petit pasteur norvégien qui avait célébré la cérémonie du mariage se disaient bonsoir. Le vieil Ivar attelait les chevaux au chariot pour emmener les cadeaux de mariage et les mariés jusqu'à leur nouvelle maison, dans le quartier nord d'Alexandra. Quand Ivar arriva au portail, Emil et Marie Shabata commencèrent à transporter les cadeaux, et Alexandra entra dans sa chambre pour dire au revoir à Signa et lui donner quelques bons conseils. Elle fut surprise de constater que la mariée avait remplacé ses pantoufles par des chaussures lourdes et qu'elle épingleait ses jupes. A ce moment, Nelse apparut à la porte avec les deux vaches laitières qu'Alexandra avait offertes à Signa en cadeau de mariage.

Alexandra se mit à rire. «Eh bien, Signa, toi et Nelse devez rentrer chez vous. J'enverrai Ivar avec les vaches demain matin.

Signa hésita et parut perplexe. Lorsque son mari l'a appelée, elle a résolument épinglé son chapeau. "Je pense que je ferais mieux de faire ce qu'il dit ", murmura-t-elle avec confusion.

Alexandra et Marie accompagnèrent Signa jusqu'à la porte et virent la fête partir, le vieil Ivar conduisant en avant dans le chariot et les mariés suivant à pied, chacun menant une vache. Emil éclata de rire avant qu'ils ne soient hors de portée.

"Ces deux-là vont s'entendre", dit Alexandra alors qu'ils retournaient à la maison. « Ils ne prendront aucun risque. Ils se sentiront plus en sécurité avec ces vaches dans leur propre étable. Marie, je vais ensuite faire venir une vieille femme. Dès que je fais cambrioler les filles, je les marie.

"Je n'ai aucune patience avec Signa, épouser ce type grincheux!" Marie a déclaré. «Je voulais qu'elle épouse ce gentil garçon Smirka qui a travaillé pour nous l'hiver dernier. Je pense qu'elle l'aimait aussi.

« Oui, je pense qu'elle l'a fait, » acquiesça Alexandra, « mais je suppose qu'elle avait trop peur de Nelse pour épouser quelqu'un d'autre. Maintenant que j'y pense, la plupart de mes filles ont épousé des hommes dont elles avaient peur. Je crois qu'il y a beaucoup de vache chez la plupart des filles suédoises. Espèce de bohème nerveux, tu ne peux pas nous comprendre. Nous sommes un peuple terriblement pratique, et je suppose que nous pensons qu'un homme croisé fait un bon manager.

Marie haussa les épaules et se tourna pour épingler une mèche de cheveux tombée sur son cou. D'une manière ou d'une autre, Alexandra l'avait irritée ces derniers temps. Tout le monde l'énervait. Elle était fatiguée de tout le monde. "Je rentre seule à la maison, Emil, donc tu n'as pas besoin de prendre ton chapeau", dit-elle en enroulant rapidement son écharpe autour de sa tête.

« Bonne nuit, Alexandra », répondit-elle d'une voix tendue en courant sur l'allée de gravier.

Emil la suivit à grands pas jusqu'à ce qu'il la dépasse. Puis elle commença à marcher lentement. C'était une nuit de vent chaud et de faible lumière d'étoiles, et les lucioles scintillaient au-dessus du blé.

"Marie", dit Emil après avoir marché un moment, "je me demande si tu sais à quel point je suis malheureux?"

Marie ne lui répondit pas. Sa tête, dans son foulard blanc, penchait un peu en avant.

Emil chassa une motte du chemin et continua :

« Je me demande si vous êtes vraiment superficiel, comme vous le semblez ? Parfois, je pense qu'un garçon fait aussi bien qu'un autre pour toi. Que ce soit moi, Raoul Marcel ou Jan Smirka , cela ne semble jamais faire une grande différence . Es-tu vraiment comme ça ?

« Peut-être que je le suis. Que voulez-vous que je fasse? Rester assis et pleurer toute la journée ? Quand j'ai pleuré jusqu'à ne plus pouvoir pleurer, alors… alors je dois faire autre chose.

"Es-tu désolé pour moi?" il a persisté.

"Non, je ne suis pas. Si j'étais grand et libre comme toi, je ne laisserais rien me rendre malheureux. Comme disait à la foire le vieux Napoléon Brunot , je n'irais aimer aucune femme. Je prendrais le premier train, je partirais et je m'amuserais autant qu'il y a.

« J'ai essayé, mais ça n'a rien donné. Tout me l'a rappelé. Plus l'endroit était agréable, plus je te voulais. Ils étaient arrivés devant l'échauguier et Emil le montra du doigt d'un air persuasif. "Asseyez-vous un instant, je veux vous demander quelque chose." Marie s'assit sur la plus haute marche et Emil s'approcha. « Me dirais-tu quelque chose qui ne me regarde pas si tu pensais que cela pourrait m'aider ? Eh bien, dis-moi, *s'il te plaît* , dis-moi pourquoi tu t'es enfui avec Frank Shabata ! »

Marie recula. "Parce que j'étais amoureuse de lui", dit-elle fermement.

"Vraiment?" » demanda-t-il incrédule.

"Oui en effet. Très amoureux de lui. Je pense que c'est moi qui ai suggéré notre fuite. Dès le début, c'était plus ma faute que la sienne.

Emil détourna le visage.

« Et maintenant, poursuivit Marie, il faut que je m'en souvienne. Frank est exactement le même maintenant qu'il l'était alors, seulement alors je le verrais tel que je voulais qu'il soit. J'aurais ma propre voie. Et maintenant, je paie pour cela.

"Vous ne faites pas tout le paiement."

"C'est ça. Quand on fait une erreur, on ne sait pas où elle s'arrêtera. Mais tu peux partir ; tu peux laisser tout cela derrière toi.

"Pas tout. Je ne peux pas te laisser derrière. Veux-tu partir avec moi, Marie ?

Marie sursauta et franchit le montant. « Émile ! Comme tu parles méchamment ! Je ne suis pas ce genre de fille et tu le sais. Mais qu'est-ce que je vais faire si tu continues à me tourmenter comme ça ! » ajouta-t-elle plaintivement.

« Marie, je ne te dérangerai plus si tu me dis juste une chose. Arrêtez-vous une minute et regardez-moi. Non, personne ne peut nous voir. Tout le monde dort. Ce n'était qu'une luciole. Marie, *arrête* et dis-moi !

Emil la rattrapa et, la saisissant par les épaules, la secoua doucement, comme s'il essayait de réveiller un somnambule.

Marie cacha son visage sur son bras. « Ne me demandez rien de plus. Je ne sais rien à part à quel point je suis malheureux. Et je pensais que tout irait bien quand tu reviendrais. Oh, Emil, » elle saisit sa manche et se mit à pleurer, « que dois-je faire si tu ne pars pas ? Je ne peux pas y aller, et l'un de nous doit le faire. Tu ne vois pas ?

Emil la regardait, tenant ses épaules raides et raidissant le bras auquel elle s'accrochait. Sa robe blanche paraissait grise dans l'obscurité. Elle ressemblait à un esprit troublé, comme une ombre sortie de la terre, s'accrochant à lui et le suppliant de lui donner la paix. Derrière elle, les lucioles se faufilaient au-dessus du blé. Il posa la main sur sa tête penchée. "Sur mon honneur, Marie, si tu dis que tu m'aimes, je m'en irai."

Elle leva son visage vers le sien. « Comment pourrais-je l'aider ? Vous ne le saviez pas ?

C'était Emil qui tremblait, de tout son corps. Après avoir laissé Marie à sa porte, il erra toute la nuit dans les champs, jusqu'au matin, éteignant les lucioles et les étoiles.

III

Un soir, une semaine après le mariage de Signa, Emil était agenouillé devant une boîte dans le salon, emballant ses livres. De temps en temps , il se levait et se promenait dans la maison, ramassant des volumes égarés et les ramenant nonchalamment dans sa boîte. Il faisait ses valises sans enthousiasme. Il n'était pas très optimiste quant à son avenir. Alexandra était assise en train de coudre près de la table. Elle l'avait aidé à faire sa valise dans l'après-midi. Tandis qu'Emil allait et venait près de sa chaise avec ses livres, il pensait que cela n'avait pas été si difficile de quitter sa sœur depuis qu'il était parti pour l'école. Il se rendait directement à Omaha, pour étudier le droit dans le cabinet d'un avocat suédois jusqu'en octobre, date à laquelle il entrerait à la faculté de droit d'Ann Arbor. Ils avaient prévu qu'Alexandra vienne au Michigan – un long voyage pour elle – au moment de Noël et passe plusieurs semaines avec lui. Il sentait néanmoins que ces adieux seraient plus définitifs que les précédents ; que cela signifiait une rupture définitive avec son ancien foyer et le début de quelque chose de nouveau – il ne savait quoi. Ses idées sur l'avenir ne se cristalliseraient pas ; plus il essayait d'y réfléchir, plus sa conception devenait vague. Mais une chose était claire, se dit-il ; il était grand temps qu'il fasse pardon à Alexandra, et cela devrait être une motivation suffisante pour commencer.

En ramassant ses livres, il avait l'impression de déraciner des choses. Finalement , il se jeta sur le vieux salon à lattes où il avait dormi quand il était petit et resta allongé, regardant les fissures familières du plafond.

"Fatigué, Émile?" » demanda sa sœur.

"Paresseux", murmura-t-il en se tournant sur le côté et en la regardant. Il étudia longuement le visage d'Alexandra à la lueur d'une lampe. Il ne lui était jamais venu à l'esprit que sa sœur était une belle femme jusqu'à ce que Marie Shabata le lui dise. En fait, il ne l'avait jamais considérée comme une femme, seulement comme une sœur. Tout en étudiant sa tête penchée, il leva les yeux vers la photo de John Bergson au-dessus de la lampe. « Non, pensa-t-il, elle n'y est pas parvenue. Je suppose que je suis plutôt comme ça.

« Alexandra, dit-il soudain, ce vieux secrétaire en noyer qui te sert de bureau appartenait à ton père, n'est-ce pas ?

Alexandra a continué à coudre. "Oui. C'est l'une des premières choses qu'il a achetées pour la vieille maison en rondins. C'était une grande extravagance à l'époque. Mais il écrivit de nombreuses lettres au vieux pays. Il y avait de nombreux amis qui lui écrivirent jusqu'à sa mort. Personne ne lui a jamais reproché la disgrâce de son grand-père. Je peux le voir maintenant, assis là le dimanche, dans sa chemise blanche, écrivant des pages et des pages avec tant de soin. Il écrivait d'une écriture fine et régulière, presque comme une gravure. Le vôtre est quelque chose comme le sien, quand vous vous donnez de la peine.

« Grand-père était vraiment tordu, n'est-ce pas ?

« Il a épousé une femme sans scrupules, et puis… puis j'ai bien peur qu'il soit vraiment véreux. Quand nous sommes arrivés ici, mon père rêvait de faire une grande fortune et de retourner en Suède pour rembourser aux pauvres marins l'argent que grand-père avait perdu.

Emil s'agitait dans le salon. « Je dis, ça aurait valu la peine , n'est-ce pas ? Père n'était pas un peu comme Lou ou Oscar, n'est-ce pas ? Je ne me souviens pas de grand-chose de lui avant qu'il ne tombe malade.

"Oh, pas du tout!" Alexandra laissa tomber sa couture sur son genou. « Il avait de meilleures opportunités ; non pas pour gagner de l'argent, mais pour faire quelque chose de lui-même. C'était un homme calme, mais très intelligent. Tu aurais été fier de lui, Emil.

Alexandra sentait qu'il aimerait savoir qu'il y avait eu un homme de sa famille qu'il pourrait admirer. Elle savait qu'Emil avait honte de Lou et Oscar, parce qu'ils étaient sectaires et satisfaits d'eux-mêmes. Il n'en parlait jamais beaucoup, mais elle pouvait sentir son dégoût. Ses frères lui avaient manifesté leur désapprobation dès son départ pour l'école. La seule chose qui les aurait satisfaits aurait été son échec à l'Université. Dans l'état actuel des choses, ils étaient mécontents de tout changement dans son discours, dans son habillement, dans son point de vue ; mais ils durent conjecturer sur ce dernier point, car Emil évitait de leur parler d'autre chose que de questions de famille. Ils traitaient tous ses intérêts comme des affectations.

Alexandra a repris sa couture. «Je me souviens de mon père quand il était un très jeune homme. Il appartenait à une sorte de société musicale, un chœur d'hommes, à Stockholm. Je me souviens d'être allé avec ma mère pour les entendre chanter. Il devait y en avoir une centaine, et ils portaient tous de longs manteaux noirs et des cravates blanches. J'avais l'habitude de voir mon père avec un manteau bleu, une sorte de veste, et quand je l'ai reconnu sur le quai, j'étais très fier. Vous souvenez-vous de cette chanson suédoise qu'il vous a apprise, à propos du mousse ?

"Oui. Je la chantais aux Mexicains. Ils aiment tout ce qui est différent. Émile fit une pause. « Père a eu un dur combat ici, n'est-ce pas ? ajouta-t-il pensivement.

« Oui, et il est mort dans une période sombre. Pourtant, il avait de l'espoir. Il croyait en la terre.

«Et en toi, je suppose», se dit Emil. Il y eut une autre période de silence ; ce silence chaleureux, amical, plein de parfaite entente, dans lequel Emil et Alexandra avaient passé plusieurs de leurs plus heureuses demi-heures.

Finalement, Emil dit brusquement : « Lou et Oscar seraient mieux lotis s'ils étaient pauvres, n'est-ce pas ?

Alexandra sourit. "Peut être. Mais leurs enfants ne le feraient pas. J'ai de grands espoirs pour Milly.

Émile frissonna. "Je ne sais pas. Il me semble que ça empire à mesure que ça avance. Le pire chez les Suédois, c'est qu'ils ne veulent jamais découvrir ce qu'ils ne savent pas. C'était comme ça à l'Université. Toujours aussi content d'eux-mêmes ! Il n'y a pas moyen de se cacher derrière ce sourire vaniteux suédois. Les Bohémiens et les Allemands étaient si différents.

« Allons, Emil, ne t'en prends pas aux tiens. Père n'était pas vaniteux, pas plus qu'oncle Otto. Même Lou et Oscar ne l'étaient pas quand ils étaient garçons.

Emil parut incrédule, mais il ne contesta pas ce point. Il se tourna sur le dos et resta longtemps immobile, les mains verrouillées sous la tête, levant les yeux vers le plafond. Alexandra savait qu'il pensait à beaucoup de choses. Elle ne ressentait aucune inquiétude pour Emil. Elle avait toujours cru en lui, comme elle avait cru en la terre. Il ressemblait davantage à lui-même depuis son retour du Mexique ; il paraissait heureux d'être chez lui et lui parlait comme il avait l'habitude de le faire. Elle ne doutait pas que sa crise d'errance était terminée et qu'il serait bientôt installé dans la vie.

"Alexandra," dit soudain Emil, "tu te souviens du canard sauvage que nous avons vu sur la rivière cette fois-là ?"

Sa sœur leva les yeux. «Je pense souvent à elle. Il me semble toujours qu'elle est toujours là, exactement comme nous l'avons vue.

"Je sais. C'est étrange ce dont on se souvient et ce qu'on oublie. Emil bâilla et se redressa. "Eh bien, il est temps de se rendre." Il se leva et, s'approchant d'Alexandra, se pencha et l'embrassa légèrement sur la joue. "Bonne nuit ma soeur. Je pense que vous avez plutôt bien réussi avec nous.

Emil prit sa lampe et monta à l'étage. Alexandra était assise en train de finir sa nouvelle chemise de nuit, qui devait aller dans le bac supérieur de sa malle.

IV

Le lendemain matin Angélique , la femme d'Amédée , était à la cuisine en train de préparer des tartes, aidée par la vieille Mme Chevalier. Entre la table de mixage et le poêle se trouvait le vieux berceau qui avait appartenu à Amédée , et dedans se trouvait son fils aux yeux noirs. Alors qu'Angélique , rouge et excitée, les mains farineuses, s'arrêtait pour sourire au bébé, Emil Bergson s'approcha de la porte de la cuisine sur sa jument et descendit de cheval.

« ' Médée est aux champs, Emil,' cria Angélique en traversant la cuisine en courant vers le four. « Il commence à couper son blé aujourd'hui ; le premier blé prêt à être coupé n'importe où par ici. Il a acheté une nouvelle coupe, vous savez, parce que tout le blé est si court cette année. J'espère qu'il pourra le louer aux voisins, ça coûte tellement cher. Lui et ses cousins ont acheté une batteuse à vapeur en actions. Vous devriez sortir et voir cet en-tête fonctionner. Je l'ai regardé une heure ce matin, occupé comme je le suis avec tous les hommes à nourrir. Il a beaucoup de mains, mais il est le seul à savoir conduire la barre de coupe ou faire tourner le moteur, il doit donc être partout à la fois. Il est malade aussi et devrait être au lit.

Emil se pencha sur Hector Baptiste, essayant de lui faire cligner ses yeux noirs ronds en forme de perles. "Malade? Qu'est-ce qui ne va pas avec ton papa, gamin ? Vous l'avez obligé à parcourir le sol avec vous ?

Angélique renifla. "Pas beaucoup! Nous n'avons pas ce genre de bébés. C'était son père qui tenait Baptiste éveillé. Toute la nuit, j'ai dû me lever et lui faire des pansements à la moutarde sur le ventre. Il avait une terrible colique. Il a dit qu'il se sentait mieux ce matin, mais je ne pense pas qu'il devrait être sur le terrain, en surchauffe.

Angélique ne parlait pas avec beaucoup d'inquiétude, non pas parce qu'elle était indifférente, mais parce qu'elle se sentait si sûre de leur bonne fortune. Que de bonnes choses pouvaient arriver à un jeune homme riche, énergique et beau comme Amédée , avec un nouveau bébé au berceau et une nouvelle tête sur le terrain.

Emil caressa le duvet noir de la tête de Baptiste. « Je dis qu'Angélique , une des grand-mères de Médée , il y a longtemps, devait être une squaw. Cet enfant ressemble exactement aux bébés indiens.

Angélique lui fit la grimace, mais la vieille Mme Chevalier avait été touchée sur un point sensible, et elle poussa un tel flot de *patois enflammé* qu'Émile s'enfuit de la cuisine et monta sur sa jument.

Ouvrant la porte du pâturage depuis sa selle, Emil traversa le champ jusqu'à la clairière où se trouvait la batteuse, entraînée par un moteur stationnaire et alimentée par les caisses de coupe. Comme Amédée n'était pas dans le moteur, Emil se dirigea vers le champ de blé, où il reconnut, sur la tête, la silhouette légère et nerveuse de son ami, sans manteau, sa chemise blanche gonflée par le vent, son chapeau de paille collé avec désinvolture sur le sol. côté de sa tête. Les six gros chevaux de trait qui tiraient, ou plutôt poussaient la tête, allaient de front au pas rapide, et comme ils étaient encore verts au travail , ils demandaient beaucoup d'administration de la part d'Amédée ; surtout lorsqu'ils tournaient les coins, où ils se divisaient, trois par trois, puis se remettaient en ligne avec un mouvement qui paraissait aussi compliqué qu'une roue d'artillerie. Emil éprouva un nouveau frisson d'admiration pour son ami, et avec lui le vieux pincement d'envie de la façon dont Amédée pouvait faire avec sa puissance ce que sa main trouvait à faire, et sentir que, quoi que ce soit, c'était le plus important. chose au monde. "Je vais devoir emmener Alexandra pour voir que ça marche", pensa Emil ; « c'est splendide ! »

Lorsqu'il aperçut Emil, Amédée lui fit signe et appela l'un de ses vingt cousins pour prendre les rênes. Descendant de la tête sans l'arrêter, il courut vers Emil qui était descendu de cheval. « Venez, » appela-t-il. « Je dois m'occuper du moteur pendant une minute. Je dois faire appel à un homme vert et je dois garder un œil sur lui.

Emil pensait que le garçon était anormalement rouge et plus excité que ne le justifiaient même les soucis de gérer une grande ferme à un moment critique. Alors qu'ils passaient derrière un tas de l'année dernière, Amédée s'agrippa à son côté droit et s'affaissa un instant sur la paille.

"Aie! J'ai une terrible douleur en moi, Emil. Il y a quelque chose qui ne va pas avec mes entrailles, c'est sûr.

Emil sentit sa joue enflammée. « Tu devrais te coucher directement, Médée , et téléphoner au médecin ; c'est ce que vous devriez faire.

Amédée chancela avec un geste de désespoir. "Comment puis-je? Je n'ai pas le temps d'être malade. Trois mille dollars de nouvelles machines à gérer, et le blé si mûr qu'il commencera à se briser la semaine prochaine. Mon blé est court, mais il doit contenir de grandes baies pleines. Pourquoi ralentit-il ? Nous n'avons pas assez de caisses de coupe pour alimenter la batteuse, je suppose.

Amédée partit d'un pas vif sur les chaumes, se pencha un peu à droite tout en courant, et fit signe au mécanicien de ne pas arrêter le moteur.

Emil comprit que ce n'était pas le moment de parler de ses propres affaires. Il monta sur sa jument et se rendit à Sainte-Agnès pour dire au revoir à ses amis. Il alla d'abord voir Raoul Marcel et le trouva innocemment en train de pratiquer le « Gloria » pour la grande cérémonie de confirmation du dimanche pendant qu'il polissait les miroirs du salon de son père.

Alors qu'Emil rentrait chez lui à trois heures de l'après-midi, il aperçut Amédée sortir du champ de blé en titubant, soutenu par deux de ses cousins. Emil s'arrêta et les aida à mettre le garçon au lit.

V

Lorsque Frank Shabata rentra du travail à cinq heures du soir, le vieux Moïse Marcel, le père de Raoul, lui téléphona pour lui dire qu'Amédée avait eu une crise dans le champ de blé et que le docteur Paradis allait l'opérer dès que le médecin de Hanovre je suis arrivé pour aider. Frank en laissa tomber un mot à table, suspendit son souper et partit pour Sainte-Agnès, où il y aurait une discussion sympathique sur le cas d'Amédée au salon de Marcel.

Dès que Frank fut parti, Marie téléphona à Alexandra. C'était un réconfort d'entendre la voix de son amie. Oui, Alexandra savait ce qu'il y avait à savoir sur Amédée . Emil était présent lorsqu'ils l'avaient transporté hors du terrain et était resté avec lui jusqu'à ce que les médecins l'opèrent pour une appendicite à cinq heures. Ils avaient peur qu'il ne soit trop tard pour faire beaucoup de bien ; cela aurait dû être fait il y a trois jours. Amédée était très mal en point. Emil venait de rentrer à la maison, épuisé et lui-même malade. Elle lui avait donné du cognac et l'avait mis au lit.

Marie a raccroché. La maladie du pauvre Amédée avait pris pour elle un nouveau sens, maintenant qu'elle savait qu'Emil était avec lui. Et ça aurait très bien pu être l'inverse : Emil qui était malade et Amédée qui était triste ! Marie regarda le salon sombre. Elle ne s'était jamais sentie aussi seule. Si Emil dormait, il n'y avait même aucune chance qu'il vienne ; et elle ne pouvait pas aller voir Alexandra pour obtenir de la sympathie. Elle avait l'intention de tout dire à Alexandra dès qu'Emil serait parti. Alors, tout ce qui resterait entre eux serait honnête.

Mais elle ne pouvait pas rester à la maison ce soir. Où doit-elle aller ? Elle marchait lentement à travers le verger, où l'air du soir était lourd d'une odeur de coton sauvage. Le parfum frais et salé des roses sauvages avait cédé la place à ce parfum plus puissant du milieu de l'été. Partout où ces boules de cendre de rose pendaient à leurs tiges laiteuses, l'air autour d'elles était saturé de leur souffle. Le ciel était encore rouge à l'ouest et l'étoile du soir planait directement au-dessus du moulin à vent des Bergson . Marie franchit la clôture au coin du champ de blé et suivit lentement le chemin qui menait chez Alexandra. Elle ne pouvait s'empêcher d'être blessée qu'Emil ne soit pas venu lui parler d' Amédée . Il lui semblait tout à fait contre nature qu'il ne soit pas venu. Si elle avait des ennuis, il était certainement la seule personne au monde qu'elle voudrait voir. Peut-être souhaitait-il qu'elle comprenne que pour elle, il était déjà presque parti.

Marie s'avançait lentement, en papillonnant, le long du chemin, comme un papillon nocturne blanc sortant des champs. Les années semblaient s'étendre devant elle comme la terre ; printemps, été, automne, hiver, printemps ; toujours les mêmes champs patients, les petits arbres patients, les vies patients ; toujours le même désir, la même traction sur la chaîne – jusqu'à ce que l'instinct de vivre se déchire, saigne et s'affaisse pour la dernière fois, jusqu'à ce que la chaîne tienne une femme morte, qui pourrait être relâchée avec précaution. Marie avançait , le visage levé vers l'étoile du soir lointaine et inaccessible.

Lorsqu'elle atteignit le montant, elle s'assit et attendit. Comme c'était terrible d'aimer les gens quand on ne pouvait pas vraiment partager leur vie !

Oui, pour elle, Emil était déjà parti. Ils ne pouvaient plus se rencontrer. Ils n'avaient rien à dire. Ils avaient dépensé le dernier centime de leur petite monnaie ; il ne restait plus que de l'or. Le temps des témoignages d'amour était révolu. Ils n'avaient plus que leur cœur à se donner. Et Emil étant parti, à quoi ressemblerait sa vie ? D'une certaine manière, ce serait plus facile. Au moins, elle ne vivrait pas dans une peur perpétuelle. Si Emil était absent et s'installait au travail, elle n'aurait pas le sentiment de lui gâcher la vie. Avec le souvenir qu'il lui avait laissé, elle pouvait être aussi téméraire qu'elle le souhaitait. Personne ne pourrait en souffrir à part elle-même ; et cela n'avait sûrement pas d'importance. Son propre cas était clair. Lorsqu'une fille avait aimé un homme, puis en avait aimé un autre alors que cet homme était encore en vie, tout le monde savait quoi penser d'elle. Ce qui lui arrivait n'avait que peu d'importance, tant qu'elle n'entraînait pas d'autres personnes avec elle. Emil une fois parti, elle pourrait abandonner tout le reste et vivre une nouvelle vie d'amour parfait.

Marie quitta l'étable à contrecœur. Après tout, elle avait pensé qu'il pourrait venir. Et comme elle devrait être heureuse, se dit-elle, qu'il dorme. Elle quitta le chemin et traversa le pâturage. La lune était presque pleine. Une chouette hululait quelque part dans les champs. Elle avait à peine réfléchi à l'endroit où elle allait, que l'étang scintille devant elle, là où Emil avait abattu les canards. Elle s'est arrêtée et l'a regardé. Oui, il y aurait une mauvaise façon de sortir de la vie, si l'on choisissait de l'emprunter. Mais elle ne voulait pas mourir. Elle voulait vivre et rêver – cent ans, pour toujours ! Tant que cette douceur jaillirait de son cœur, tant que sa poitrine pourrait contenir ce trésor de douleur ! Elle ressentait ce que devait ressentir l'étang lorsqu'il contenait la lune ainsi ; quand il entoura et s'enfla de cette image d'or.

Le matin, quand Emil descendit, Alexandra le rencontra dans le salon et lui posa les mains sur les épaules. "Emil, je suis allé dans ta chambre dès qu'il faisait jour, mais tu dormais si profondément que je détestais te réveiller. Tu ne pouvais rien faire, alors je t'ai laissé dormir. On a téléphoné de Sainte-Agnès pour dire qu'Amédée est mort à trois heures du matin.

VI

L'Église a toujours considéré que la vie est pour les vivants. Samedi, tandis que la moitié du village de Sainte-Agnès pleurait Amédée et préparait en noir les funérailles de son enterrement de lundi, l'autre moitié s'affairait en robes blanches et voiles blancs pour le grand service de confirmation de demain, où l'évêque serait pour confirmer une classe de cent garçons et filles. Le père Duchesne partageait son temps entre les vivants et les morts. Toute la journée du samedi, l'église fut le théâtre d'une activité bouillonnante, un peu étouffée par la pensée d' Amédée . Le chœur était occupé à répéter une messe de Rossini, qu'ils avaient étudié et pratiqué pour cette occasion. Les femmes décoraient l'autel, les garçons et les filles apportaient des fleurs.

Le dimanche matin, l'évêque devait se rendre par voie terrestre à Sainte-Agnès depuis Hanovre, et Emil Bergson avait été invité à remplacer l'un des cousins d'Amédée dans la cavalcade de quarante garçons français qui devaient traverser la campagne pour rejoindre la voiture de l'évêque. Le dimanche matin, à six heures, les garçons se sont retrouvés à l'église. Tandis qu'ils tenaient leurs chevaux par la bride, ils parlaient à voix basse de leur camarade mort. On ne cessait de répéter qu'Amédée avait toujours été un bon garçon, le regard tourné vers l'église de briques rouges qui avait joué un si grand rôle dans la vie d'Amédée , avait été le théâtre de ses moments les plus sérieux et de ses heures les plus heureuses. Il avait joué, lutté, chanté et courtisé sous son ombre. Il y a seulement trois semaines, il y avait fièrement porté son bébé pour le baptiser. Ils ne pouvaient douter que ce bras invisible était toujours autour d'Amédée ; qu'à travers l'Église sur terre, il était passé à l'Église triomphante, but des espérances et de la foi de tant de siècles.

Quand l'ordre fut donné de monter à cheval, les jeunes gens sortirent au pas du village ; mais une fois dehors parmi les champs de blé au soleil du matin, leurs chevaux et leur propre jeunesse eurent raison d'eux. Une vague de zèle et d'enthousiasme fougueux les envahit. Ils aspiraient à une Jérusalem à délivrer. Le bruit de leurs sabots galopants interrompait de nombreux petits déjeuners à la campagne et amenait de nombreuses femmes et enfants à la porte des fermes au passage. À cinq milles à l'est de Sainte-Agnès, ils rencontrèrent l'évêque dans sa voiture découverte, accompagné de deux prêtres. Comme un seul homme, les garçons ôtèrent leurs chapeaux dans un large salut et inclinèrent la tête tandis que le beau vieillard levait ses deux doigts en signe de bénédiction épiscopale. Les cavaliers entouraient la voiture comme une garde, et chaque fois qu'un cheval agité perdait son contrôle et filait sur la route devant le cadavre, l'évêque riait et frottait ses mains potelées l'une contre l'autre. « Quels beaux garçons ! » dit-il à ses prêtres. "L'Église a encore sa cavalerie."

Alors que la troupe passait devant le cimetière situé à un demi-mille à l'est de la ville, où se trouvait la première église à charpente de la paroisse, le vieux Pierre Séguin était déjà sorti avec sa pioche et sa pelle, creusant la tombe d'Amédée . Il s'agenouilla et se découvrit au passage de l'évêque. Les garçons d'un commun accord détournèrent le regard du vieux Pierre vers l'église rouge sur la colline, avec la croix d'or flamboyante sur son clocher.

La messe était à onze heures. Pendant que l'église se remplissait, Emil Bergson attendait dehors, regardant les chariots et les poussettes gravir la colline. Après que la cloche ait commencé à sonner, il a vu Frank Shabata monter à cheval et attacher son cheval à la barre d'attelage. Marie ne viendrait donc pas. Emil se retourna et entra dans l'église. Celui d'Amédée était le seul banc vide et il s'y assit. Des cousins d'Amédée étaient là, vêtus de noir et en pleurs. Lorsque tous les bancs furent remplis, les vieillards et les garçons remplissèrent l'espace ouvert à l'arrière de l'église, s'agenouillant sur le sol. Il n'y avait guère de famille en ville qui ne fût représentée dans la classe de confirmation, au moins par un cousin. Les nouveaux communiants, avec leurs visages clairs et respectueux, étaient beaux à voir lorsqu'ils entraient en groupe et occupaient les premiers bancs qui leur étaient réservés. Avant même le début de la messe, l'air était chargé d'émotions. Jamais le chœur n'avait aussi bien chanté et Raoul Marcel, dans le « Gloria », attira même les yeux de l'évêque vers la tribune de l'orgue. Pour l'offertoire, il chanta « l'Ave Maria » de Gounod, toujours appelé à Sainte-Agnès « l'Ave Maria ».

Emil a commencé à se torturer avec des questions sur Marie. Était-elle malade ? S'était-elle disputée avec son mari ? Était-elle trop malheureuse pour trouver du réconfort même ici ? Avait-elle peut-être pensé qu'il viendrait vers elle ? L'attendait-elle ? Surmené par l'excitation et le chagrin, le ravissement du service s'est emparé de son corps et de son esprit. En écoutant Raoul, il semblait sortir des émotions contradictoires qui l'entraînaient et l'aspiraient. Il avait l'impression qu'une lumière claire brillait dans son esprit, et avec elle la conviction que le bien était, après tout, plus fort que le mal, et que le bien était possible aux hommes. Il semblait découvrir qu'il existait une sorte de ravissement dans lequel il pouvait aimer éternellement sans faiblir et sans pécher. Il a regardé Frank Shabata à travers la tête des gens avec calme. Ce ravissement était réservé à ceux qui pouvaient le ressentir ; pour ceux qui ne le pouvaient pas, c'était inexistant. Il ne convoitait rien de ce qui appartenait à Frank Shabata . L'esprit qu'il avait rencontré dans la musique était le sien. Frank Shabata ne l'avait jamais trouvé ; il ne le trouverait jamais s'il vivait à côté pendant mille ans ; Il l'aurait détruit s'il l'avait trouvé, comme Hérode tua les innocents, comme Rome tua les martyrs.

San— cta Mari- i - i -a,

gémit Raoul depuis la tribune de l'orgue ;

O— ra pro no-o-bis !

Et il ne venait pas à l'esprit d'Emil que personne n'ait jamais raisonné ainsi, que la musique ait jamais donné à un homme cette révélation équivoque.

Le service de confirmation a suivi la messe. Une fois celle-ci terminée, la congrégation s'est rassemblée autour des nouveaux confirmés. Les filles, et même les garçons, étaient embrassés, embrassés et pleuraient. Toutes les tantes et grands-mères pleuraient de joie. Les ménagères eurent bien du mal à s'arracher à la liesse générale et à regagner en toute hâte leurs cuisines. Les paroissiens de la campagne restaient en ville pour dîner et presque toutes les maisons de Sainte-Agnès recevaient des visiteurs ce jour-là. L'abbé Duchesne, l'évêque, et les prêtres visiteurs dînèrent avec Fabien Sauvage , le banquier. Emil et Frank Shabata étaient tous deux invités du vieux Moïse Marcel. Après le dîner, Frank et le vieux Moïse se retirèrent dans la pièce du fond du salon pour jouer au California Jack et boire leur cognac, et Emil se rendit chez le banquier avec Raoul, à qui on avait demandé de chanter pour l'évêque.

A trois heures, Emil sentit qu'il n'en pouvait plus. Il s'est glissé sous le couvert de « La Ville Sainte », suivi par le regard mélancolique de Malvina, et s'est rendu à l'écurie pour sa jument. Il était à ce comble d'excitation d'où tout est raccourci, d'où la vie semble courte et simple, la mort très proche et l'âme semble s'envoler comme un aigle. En passant devant le cimetière , il regarda le trou brun dans la terre où devait reposer Amédée et n'éprouva aucune horreur. Cela aussi était beau, cette simple porte vers l'oubli. Le cœur, quand il est trop vivant, a mal à cause de cette terre brune, et l'extase n'a pas peur de la mort. Ce sont les vieux, les pauvres et les mutilés qui reculent devant ce trou brun ; ses prétendants se trouvent parmi les jeunes, les passionnés, les vaillants. Ce n'est qu'après avoir dépassé le cimetière qu'Emil comprit où il allait. C'était l'heure de se dire au revoir. C'était peut-être la dernière fois qu'il la verrait seul, et aujourd'hui il pouvait la quitter sans rancune, sans amertume.

Partout le grain était mûr et l'après-midi chaud était plein de l'odeur du blé mûr, comme l'odeur du pain qui cuit dans un four. Le souffle du blé et du mélilot lui passait comme des choses agréables dans un rêve. Il ne ressentait rien d'autre que la sensation d'une distance décroissante. Il lui semblait que sa jument volait ou courait sur roues, comme un train. Le soleil, qui brillait sur les vitres des grandes granges rouges, le rendait fou de joie. Il était comme une flèche tirée de l'arc. Sa vie s'est déroulée le long de la route devant lui alors qu'il se dirigeait vers la ferme Shabata .

Quand Emil descendit à la porte des Shabatas , son cheval était en ébullition. Il l'a attachée dans l'écurie et s'est précipité vers la maison. C'était vide. Elle pourrait être chez Mme Hiller ou avec Alexandra. Mais tout ce qui lui rappellerait elle suffirait, le verger, le mûrier... Lorsqu'il atteignit le verger , le soleil était bas sur le champ de blé. De longs doigts de lumière pénétraient à travers les branches de pommiers comme à travers un filet ; le verger était criblé et criblé d'or ; la lumière était la réalité, les arbres n'étaient que des interférences qui reflétaient et réfractaient la lumière. Emil descendit doucement entre les cerisiers vers le champ de blé. Lorsqu'il arriva au coin, il s'arrêta net et mit sa main sur sa bouche. Marie était couchée sur le côté sous le mûrier blanc, le visage à moitié caché dans l'herbe, les yeux fermés, les mains molles là où elles étaient tombées. Elle avait vécu une journée de sa nouvelle vie d'amour parfait, et cela l'avait laissée ainsi. Sa poitrine montait et descendait légèrement, comme si elle dormait. Emil se jeta à côté d'elle et la prit dans ses bras. Le sang lui revint aux joues, ses yeux ambrés s'ouvrirent lentement, et Emil y vit son propre visage, le verger et le soleil. «Je rêvais de ça», murmura-t-elle en cachant son visage contre lui, «ne m'enlève pas mon rêve!»

VII

Lorsque Frank Shabata rentra chez lui ce soir-là, il trouva la jument d'Emil dans son écurie. Une telle impertinence l'étonnait. Comme tout le monde, Frank avait eu une journée passionnante. Depuis midi, il avait trop bu et il était de mauvaise humeur. Il se parlait amèrement tout en rangeant son propre cheval, et tandis qu'il remontait le chemin et voyait que la maison était sombre , il ressentit un sentiment supplémentaire de blessure. Il s'est approché tranquillement et a écouté sur le pas de la porte. N'entendant rien, il ouvrit la porte de la cuisine et alla doucement d'une pièce à l'autre. Puis il parcourut de nouveau la maison, en haut et en bas, sans meilleur résultat. Il s'assit sur la dernière marche de l'escalier en loge et essaya de reprendre ses esprits. Dans ce calme surnaturel, il n'y avait aucun son à part sa propre respiration lourde. Soudain, une chouette se mit à hululer dans les champs. Franck releva la tête. Une idée lui vint à l'esprit, et son sentiment de blessure et d'indignation grandit. Il entra dans sa chambre et sortit du placard sa meurtrière 405 Winchester.

Lorsque Frank a pris son arme et est sorti de la maison, il n'avait pas la moindre intention d'en faire quoi que ce soit. Il ne croyait pas avoir de véritable grief. Mais cela lui faisait plaisir de se sentir désespéré. Il avait pris l'habitude de se voir toujours dans une situation désespérée. Son tempérament malheureux était comme une cage ; il ne pourrait jamais s'en sortir ; et il sentait que d'autres personnes, sa femme en particulier, avaient dû l'y mettre. Frank n'avait jamais vaguement pensé qu'il était à l'origine de son propre malheur. Bien qu'il ait pris son arme avec de sombres projets en tête, il aurait été paralysé de peur s'il avait su qu'il y avait la moindre probabilité qu'il puisse un jour réaliser l'un d'entre eux.

Frank descendit lentement jusqu'à la porte du verger, s'arrêta et resta un moment perdu dans ses pensées. Il revint sur ses pas et regarda à travers la grange et le grenier à foin. Puis il sortit vers la route, où il prit le sentier qui longeait l'extérieur de la haie du verger. La haie était deux fois plus haute que Frank lui-même, et si dense qu'on ne pouvait voir à travers elle qu'en regardant attentivement entre les feuilles. Il pouvait voir le chemin vide au loin au clair de lune. Son esprit se tourna vers le bâtiment, qu'il considérait toujours comme hanté par Emil Bergson. Mais pourquoi avait-il abandonné son cheval ?

Au coin du champ de blé, là où se terminait la haie du verger et où le chemin traversait le pâturage jusqu'aux Bergson , Frank s'arrêta. Dans l'air chaud et essoufflé de la nuit, il entendit un murmure, parfaitement inarticulé, aussi grave que le bruit de l'eau sortant d'une source, où il n'y a pas de chute et où il n'y a pas de pierres pour le troubler. Frank tendit l'oreille. Cela a cessé. Il retint son souffle et commença à trembler. Posant la crosse de son fusil sur le sol, il écarta doucement les feuilles du mûrier avec ses doigts et scruta à travers la haie les silhouettes sombres sur l'herbe, à l'ombre du mûrier. Il lui semblait qu'il fallait sentir ses yeux, qu'il fallait l'entendre respirer. Mais ils ne l'ont pas fait. Frank, qui avait toujours voulu voir les choses plus noires qu'elles ne l'étaient, voulait pour une fois moins croire que ce qu'il voyait. La femme allongée dans l'ombre pourrait si bien être une des filles de ferme des Bergson ... Encore le murmure, comme de l'eau jaillissant du sol. Cette fois, il l'entendit plus distinctement, et son sang était plus rapide que son cerveau. Il commença à agir, tout comme un homme qui tombe dans le feu commence à agir. L'arme lui sauta sur l'épaule, il visa machinalement et tira trois fois sans s'arrêter, s'arrêta sans savoir pourquoi. Soit il fermait les yeux, soit il avait le vertige. Il n'a rien vu pendant qu'il tirait. Il crut entendre un cri simultanément au deuxième bruit, mais il n'en était pas sûr. Il regarda de nouveau, à travers la haie, les deux silhouettes sombres sous l'arbre. Ils s'étaient un peu écartés l'un de l'autre et étaient parfaitement immobiles... Non, pas tout à fait ; dans une tache blanche de lumière, où la lune brillait à travers les branches, une main d'homme cueillait spasmodiquement l'herbe.

Soudain, la femme remua et poussa un cri, puis un autre, et encore un autre. Elle vivait ! Elle se traînait vers la haie ! Frank laissa tomber son arme et repartit en courant le long du chemin, tremblant, trébuchant, haletant. Il n'avait jamais imaginé une telle horreur. Les cris le suivirent. Ils devenaient de plus en plus faibles et plus épais, comme si elle s'étouffait. Il s'agenouilla près de la haie et s'accroupit comme un lapin pour écouter ; plus faible, plus faible; un son semblable à un gémissement ; encore – un gémissement – un autre – un silence. Frank se leva et courut, gémissant et priant. Par habitude, il se dirigea vers la maison, où il avait l'habitude d'être apaisé lorsqu'il s'était mis en colère, mais à la vue de la porte noire et ouverte, il recula. Il savait qu'il avait assassiné quelqu'un, qu'une femme saignait et gémissait dans le verger, mais il n'avait pas réalisé auparavant que c'était sa femme. La porte le regardait en face. Il a jeté ses mains au-dessus de sa tête. Dans quelle direction se tourner ? Il leva son visage tourmenté et regarda le ciel. « Sainte Mère de Dieu, ne souffrez pas ! C'était une bonne fille, pour ne pas souffrir !

Frank avait l'habitude de se voir dans des situations dramatiques ; mais maintenant, alors qu'il se tenait près du moulin à vent, dans l'espace clair entre la grange et la maison, face à sa propre porte noire, il ne se voyait plus du tout. Il se tenait comme le lièvre quand les chiens arrivent de tous côtés. Et il courut comme un lièvre, allant et venant dans cet espace éclairé par la lune, avant de pouvoir se décider à entrer dans l'écurie sombre pour chercher un cheval. L'idée de franchir une porte lui était terrible. Il attrapa le cheval d'Emil par le mors et le fit sortir. Il n'aurait pas pu boucler une bride tout seul. Après deux ou trois tentatives, il se mit en selle et partit pour Hanovre. S'il pouvait prendre le train de 13 heures , il aurait assez d'argent pour aller jusqu'à Omaha.

Pendant qu'il réfléchissait à cela dans une partie moins sensibilisée de son cerveau, ses facultés les plus aiguës reprenaient sans cesse les cris qu'il avait entendus dans le verger. La terreur était la seule chose qui l'empêchait de revenir vers elle, la peur qu'elle soit encore elle, qu'elle souffre encore. Une femme mutilée et saignante dans son verger : c'était parce que c'était une femme qu'il avait si peur. Il était inconcevable qu'il ait blessé une femme. Il préférait être dévoré par les bêtes sauvages plutôt que de la voir se déplacer sur le sol comme elle s'était déplacée dans le verger. Pourquoi avait-elle été si négligente ? Elle savait qu'il était comme un fou quand il était en colère. Elle lui avait plus d'une fois retiré cette arme et l'avait tenue lorsqu'il était en colère contre d'autres personnes. Une fois, elle avait explosé pendant qu'ils se débattaient. Elle n'a jamais eu peur. Mais, quand elle le connaissait, pourquoi n'avait-elle pas été plus prudente ? N'avait-elle pas tout l'été devant elle pour aimer Emil Bergson, sans prendre de tels risques ? Elle avait probablement rencontré aussi le garçon Smirka , là-bas, dans le verger. Il s'en fichait. Elle aurait pu y rencontrer tous les hommes de la Division et les accueillir, si seulement elle ne lui avait pas provoqué cette horreur.

Il y avait un déchirement dans l'esprit de Frank. Il ne croyait pas honnêtement cela d'elle. Il savait qu'il lui faisait du mal. Il arrêta son cheval pour se l'avouer plus directement, pour y réfléchir plus clairement. Il savait qu'il était responsable. Depuis trois ans, il essayait de lui briser le moral. Elle avait une façon de tirer le meilleur parti des choses qui lui semblait une affectation sentimentale. Il voulait que sa femme lui en veuille parce qu'il perdait ses meilleures années parmi ces gens stupides et peu reconnaissants ; mais elle avait semblé trouver les gens assez bons. S'il devenait riche un jour, il avait l'intention de lui acheter de jolis vêtements, de l'emmener en Californie dans une voiture Pullman et de la traiter comme une dame ; mais en attendant il voulait qu'elle sente que la vie était aussi laide et aussi injuste que lui. Il avait essayé de lui rendre la vie moche. Il avait refusé de partager aucun des petits plaisirs qu'elle était si courageuse de s'offrir. Elle pouvait être gay pour la moindre chose au monde ; mais elle doit être gay ! Quand elle est venue vers lui pour la première fois, sa foi en lui, son adoration, Frank a frappé la jument avec son poing. Pourquoi Marie lui avait-elle fait faire ça ? pourquoi lui avait-elle infligé cela ? Il fut accablé par un malheur écœurant. Tout à coup, il entendit de nouveau ses cris, il les avait oubliés un instant. « Maria », sanglotait-il à haute voix, « Maria ! »

Alors que Frank était à mi-chemin de Hanovre, le mouvement de son cheval provoqua une violente crise de nausée. Après ce passage, il repartit à cheval, mais il ne pensait à rien d'autre qu'à sa faiblesse physique et à son désir d'être réconforté par sa femme. Il voulait aller dans son propre lit. Si sa femme avait été à la maison, il se serait retourné et serait revenu vers elle assez docilement.

VIII

Le lendemain, à quatre heures du matin, lorsque le vieil Ivar descendit de son loft, il tomba sur la jument d'Emil, blasée et tachée de mousse, la bride cassée, mâchant les touffes de foin éparses devant la porte de l'écurie. Le vieil homme fut aussitôt pris de frayeur. Il mit la jument dans sa stalle, lui jeta une mesure d'avoine, puis partit aussi vite que ses jambes arquées le pouvaient le porter sur le chemin vers le voisin le plus proche.

« Quelque chose ne va pas avec ce garçon. Un malheur nous est arrivé. Il ne l'aurait jamais utilisée de cette façon, dans son bon sens. Ce n'est pas dans sa manière d'abuser de sa jument », marmonnait le vieil homme, tandis qu'il se précipitait pieds nus dans l'herbe courte et humide des pâturages.

Pendant qu'Ivar se précipitait à travers les champs, les premiers longs rayons du soleil descendaient entre les branches du verger jusqu'à ces deux silhouettes trempées de rosée. L'histoire de ce qui s'était passé était clairement écrite sur l'herbe du verger et sur les mûres blanches tombées pendant la nuit et couvertes de taches sombres. Pour Emil, le chapitre avait été court. Il a reçu une balle dans le cœur, s'est retourné sur le dos et est mort. Son visage était tourné vers le ciel et ses sourcils étaient froncés, comme s'il avait réalisé que quelque chose lui était arrivé. Mais pour Marie Shabata, cela n'a pas été si facile. Une balle lui avait transpercé le poumon droit, une autre avait brisé l'artère carotide. Elle a dû démarrer et se diriger vers la haie en laissant une traînée de sang. Là, elle était tombée et avait saigné. De cet endroit, il y avait une autre traînée, plus lourde que la première, où elle avait dû se traîner jusqu'au corps d'Emil. Une fois sur place, elle ne semblait plus avoir lutté. Elle avait levé la tête vers le sein de son amant, pris ses mains dans les siennes et s'était saignée doucement à mort. Elle était allongée sur le côté droit dans une position facile et naturelle, la joue sur l'épaule d'Emil. Sur son visage il y avait une expression de contentement ineffable. Ses lèvres étaient un peu entrouvertes ; ses yeux étaient légèrement fermés, comme dans une rêverie ou un léger sommeil. Après s'être allongée là, elle semblait n'avoir pas bougé d'un cil. La main qu'elle tenait était couverte de taches sombres, à l'endroit où elle l'avait embrassée.

Mais l'herbe tachée et glissante, les mûres noircies ne disaient que la moitié de l'histoire. Au-dessus de Marie et d'Émile, deux papillons blancs du champ de luzerne de Frank voletaient parmi les ombres entrelacées ; plonger et planer, tantôt rapprochés, tantôt éloignés ; et dans les hautes herbes près de la clôture, les dernières roses sauvages de l'année ouvraient leur cœur rose pour mourir.

Lorsqu'Ivar atteignit le chemin près de la haie, il vit le fusil de Shabata posé sur le chemin. Il se tourna et regarda à travers les branches, tombant à genoux

comme si ses jambes avaient été tondues sous lui. « Dieu miséricordieux ! »
il gémit.

Alexandra aussi s'était levée tôt ce matin-là, à cause de son inquiétude au
sujet d'Emil. Elle était dans la chambre d'Emil à l'étage quand, de la fenêtre,
elle aperçut Ivar arrivant par le chemin qui partait des Shabatas '. Il courait
comme un homme épuisé, chancelant et titubant d'un côté à l'autre. Ivar ne
buvait jamais, et Alexandra pensa aussitôt qu'un de ses sorts l'avait frappé et
qu'il devait être en très mauvais état. Elle descendit en courant et courut à sa
rencontre pour cacher son infirmité aux yeux de sa maison. Le vieillard
tomba sur la route à ses pieds et lui saisit la main sur laquelle il inclina sa tête
hirsute. « Maîtresse, maîtresse, sanglotait-il, c'est tombé ! Péché et mort pour
les jeunes ! Que Dieu ait pitié de nous !

PARTIE V.
ALEXANDRA

je

Ivar était assis devant l'établi d'un cordonnier dans la grange, réparant des harnais à la lueur d'une lanterne et se répétant le 101e Psaume. Il n'était que cinq heures du mois d'octobre, mais un orage s'était levé dans l'après-midi, apportant des nuages noirs, un vent froid et des torrents de pluie. Le vieil homme portait son manteau en peau de buffle et s'arrêtait de temps en temps pour se réchauffer les doigts devant la lanterne. Soudain, une femme fit irruption dans le hangar, comme si elle avait été emportée par le vent, accompagnée d'une pluie de gouttes de pluie. C'était Signa, enveloppée dans un pardessus d'homme et portant une paire de bottes par-dessus ses chaussures. En période de troubles, Signa était revenue chez sa maîtresse, car elle était la seule des servantes dont Alexandra acceptait beaucoup de services personnels. Cela faisait maintenant trois mois que la nouvelle de la terrible chose qui s'était produite dans le verger de Frank Shabata s'était répandue comme un incendie au-dessus de la Ligne de partage. Signa et Nelse restèrent avec Alexandra jusqu'à l'hiver.

"Ivar", s'est exclamée Signa en essuyant la pluie de son visage, "sais-tu où elle est ?"

Le vieil homme posa son couteau de cordonnier. "Qui, la maîtresse ?"

"Oui. Elle est partie vers trois heures. Il m'est arrivé de regarder par la fenêtre et je l'ai vue traverser les champs avec sa robe fine et son chapeau de soleil. Et maintenant, cette tempête est arrivée. Je pensais qu'elle allait chez Mme Hiller et j'ai téléphoné dès que le tonnerre s'est arrêté, mais elle n'y était pas. J'ai peur qu'elle soit quelque part dehors et qu'elle mourra de froid.

Ivar mit sa casquette et prit la lanterne. « *Ouais*, *ouais*, on verra. Je vais atteler la jument du garçon à la charrette et partir.

Signa le suivit à travers le hangar jusqu'à l'écurie. Elle frissonnait de froid et d'excitation. « Où penses-tu qu'elle puisse être, Ivar ?

Le vieil homme souleva avec précaution un ensemble de harnais simples de son support. "Comment devrais-je le savoir?"

"Mais tu penses qu'elle est au cimetière, n'est-ce pas ?" Signa a persisté. "Moi aussi. Oh, j'aimerais qu'elle soit plus comme elle-même ! Je n'arrive pas à croire que ce soit Alexandra Bergson qui en arrive là, sans aucune idée de quoi que ce soit. Je dois lui dire quand manger et quand se coucher.

« Patience, patience, sœur », marmonna Ivar en plaçant le mors dans la bouche du cheval. « Quand les yeux de la chair sont fermés, les yeux de l'esprit sont ouverts. Elle recevra un message de ceux qui sont partis, et cela lui apportera la paix. En attendant, nous devons la supporter. Toi et moi sommes les seuls à avoir du poids avec elle. Elle nous fait confiance.

"Comme cela a été horrible ces trois derniers mois." Signa tenait la lanterne de manière à ce qu'il puisse voir comment boucler les sangles. « Cela ne semble pas normal que nous soyons tous si malheureux. Pourquoi devons-nous tous être punis ? Il me semble que les bons moments ne reviendront plus jamais.

Ivar s'exprima dans un profond soupir, mais ne dit rien. Il se baissa et prit une bavure de son orteil.

« Ivar », demanda soudain Signa, « veux-tu me dire pourquoi tu vas pieds nus ? Tout le temps que j'ai vécu ici, dans la maison, je voulais te demander. Est-ce pour une pénitence, ou quoi ?

« Non, ma sœur. C'est pour le plaisir du corps. Depuis ma jeunesse, j'ai eu un corps fort et rebelle et j'ai été sujet à toutes sortes de tentations. Même en vieillissant, mes tentations se prolongent. Il fallait faire quelques concessions ; et les pieds, si je comprends bien, sont des membres libres. Il n'y a aucune interdiction divine pour eux dans les Dix Commandements. Les mains, la langue, les yeux, le cœur, tous les désirs corporels qu'il nous est commandé de maîtriser ; mais les pieds sont des membres libres. Je m'y livre sans nuire à personne , même jusqu'à les piétiner dans la crasse lorsque mes désirs sont faibles. Ils sont rapidement nettoyés à nouveau.

Signa n'a pas ri. Elle eut l'air pensive tandis qu'elle suivit Ivar jusqu'au hangar à chariots et lui tendit les brancards, pendant qu'il reculait la jument et bouclait les retenues. "Tu as été un bon ami de la maîtresse, Ivar", murmura-t-elle.

"Et toi, que Dieu soit avec toi", répondit Ivar en grimpant dans le chariot et en plaçant la lanterne sous la couverture en toile cirée. « Maintenant, un esquive, ma fille », dit-il à la jument en rassemblant les rênes.

Alors qu'ils sortaient du hangar, un jet d'eau, coulant du chaume, frappa la jument au cou. Elle secoua la tête avec indignation, puis frappa courageusement sur le sol meuble, glissant encore et encore tandis qu'elle gravissait la colline jusqu'à la route principale. Entre la pluie et l'obscurité, Ivar ne voyait que très peu de choses, alors il laissa les rênes à la jument d'Emil, gardant la tête dans la bonne direction. Lorsque le sol fut plat, il la fit sortir du chemin de terre sur le gazon, où elle put trotter sans glisser.

Avant qu'Ivar n'atteigne le cimetière, à cinq kilomètres de la maison, la tempête s'était dissipée et l'averse s'était transformée en une pluie douce et dégoulinante. Le ciel et la terre étaient d'une couleur de fumée sombre et semblaient se rejoindre, comme deux vagues. Quand Ivar s'est arrêté à la porte et a sorti sa lanterne, une silhouette blanche s'est élevée à côté de la pierre blanche de John Bergson.

Le vieil homme sauta à terre et se dirigea d'un pas traînant vers le portail en criant : « Maîtresse, maîtresse !

Alexandra se précipita à sa rencontre et posa la main sur son épaule. « *Tyst !* Ivar. Il n'y a pas de quoi s'inquiéter. Je suis désolé si je vous ai tous fait peur. Je n'ai remarqué la tempête que lorsqu'elle s'est abattue sur moi, et je ne pouvais pas y faire face. Je suis content que tu sois venu. Je suis tellement fatiguée que je ne savais pas comment je pourrais rentrer à la maison.

Ivar releva la lanterne pour qu'elle brille devant son visage. « *Bon Dieu !* Vous avez de quoi nous effrayer, maîtresse. Vous ressemblez à une femme noyée. Comment as-tu pu faire une chose pareille !

En gémissant et en marmonnant, il la fit sortir du portail et l'aida à monter dans le chariot, l'enveloppant dans les couvertures sèches sur lesquelles il était assis.

Alexandra sourit de sa sollicitude. « Cela ne sert pas à grand-chose, Ivar. Vous ne ferez qu'enfermer l'humidité. Je n'ai plus si froid maintenant ; mais je suis lourd et engourdi. Je suis content que tu sois venu."

Ivar fit tourner la jument et la poussa au trot glissé. Ses pieds renvoyaient une continuelle éclaboussure de boue.

Alexandra parla au vieil homme tandis qu'ils couraient dans le crépuscule gris et maussade de la tempête. « Ivar, je pense que ça m'a fait du bien d'avoir froid comme ça, une fois. Je ne crois pas que je souffrirai autant . Quand on s'approche si près des morts, ils semblent plus réels que les vivants. Les pensées du monde nous quittent. Depuis la mort d'Emil, j'ai tellement souffert quand il pleuvait. Maintenant que je suis sorti avec lui, je ne le redouterai plus. Une fois que vous avez eu froid, la sensation de la pluie sur vous est douce. Cela semble vous rappeler des sentiments que vous aviez lorsque vous étiez bébé. Cela vous ramène dans le noir, avant votre naissance ; vous ne pouvez pas voir les choses, mais elles viennent à vous, d'une manière ou d'une autre, et vous les connaissez et n'en avez pas peur. C'est peut-être comme ça avec les morts. S'ils ressentent quelque chose, ce sont les vieilles choses, avant leur naissance, qui réconfortent les gens comme le fait la sensation de leur propre lit quand ils sont petits.

"Maîtresse", dit Ivar avec reproche, "ce sont de mauvaises pensées. Les morts sont au paradis.

Puis il baissa la tête, car il ne croyait pas qu'Émile fût au paradis.

Lorsqu'ils rentrèrent chez eux, Signa allumait un feu dans le poêle du salon. Elle déshabilla Alexandra et lui donna un bain de pieds chaud, tandis qu'Ivar préparait du thé au gingembre dans la cuisine. Alors qu'Alexandra était au lit, enveloppée dans des couvertures chaudes, Ivar entra avec son thé et vit qu'elle le buvait. Signa a demandé la permission de dormir sur le salon à lattes devant sa porte. Alexandra supporta patiemment leurs attentions, mais elle fut heureuse quand ils éteignirent la lampe et la quittèrent. Alors qu'elle était allongée seule dans le noir, elle pensa pour la première fois qu'elle était peut-être réellement fatiguée de la vie. Toutes les opérations physiques de la vie semblaient difficiles et douloureuses. Elle avait envie de se libérer de son propre corps, qui lui faisait mal et était si lourd. Et le désir lui-même était lourd : elle aspirait à s'en libérer.

Alors qu'elle était étendue, les yeux fermés, elle avait de nouveau, plus vivement que pendant de nombreuses années, la vieille illusion de son enfance, d'être soulevée et portée avec légèreté par quelqu'un de très fort. Cette fois, il resta avec elle longtemps et la porta très loin, et dans ses bras elle ne sentit plus aucune douleur. Lorsqu'il la recoucha sur son lit, elle ouvrit les yeux et, pour la première fois de sa vie, elle le vit, le vit clairement, bien que la chambre fût sombre et que son visage fût couvert. Il se tenait sur le seuil de sa chambre. Son manteau blanc était jeté sur son visage et sa tête était un peu penchée en avant. Ses épaules semblaient aussi solides que les fondations du monde. Son bras droit, dénudé jusqu'au coude, était sombre et brillant comme du bronze, et elle comprit aussitôt que c'était le bras du plus puissant de tous les amants. Elle savait enfin qui elle attendait et où il la porterait. Cela, se dit-elle, c'était très bien. Puis elle s'est endormie.

Alexandra s'est réveillée le matin avec rien de pire qu'un rhume et une épaule raide. Elle garda son lit pendant plusieurs jours, et c'est pendant ce temps qu'elle prit la résolution d'aller à Lincoln voir Frank Shabata . Depuis qu'elle l'avait vu pour la dernière fois dans la salle d'audience, le visage hagard et les yeux fous de Frank l'avaient hantée. Le procès n'avait duré que trois jours. Frank s'était livré à la police d'Omaha et avait plaidé coupable de meurtre sans intention malveillante et sans préméditation. L'arme était bien entendu dirigée contre lui, et le juge lui avait infligé la peine complète, soit dix ans. Cela faisait maintenant un mois qu'il se trouvait au pénitencier d'État.

Frank était le seul, se disait Alexandra, pour qui on pouvait tout faire. Il avait eu moins tort qu'aucun d'eux, et il payait la plus lourde peine. Elle avait souvent le sentiment qu'elle était elle-même plus responsable que le pauvre Frank. Depuis que les Shabata s'étaient installés dans la ferme voisine, elle n'avait manqué aucune occasion de réunir Marie et Emil. Parce qu'elle savait que Frank était hargneux à l'idée de faire de petites choses pour aider sa femme, elle envoyait toujours Emil bêcher, planter ou menuiser pour Marie. Elle était heureuse de voir Emil voir autant que possible une fille intelligente et née en ville comme leur voisine ; elle a remarqué que cela améliorait ses manières. Elle savait qu'Emil aimait Marie, mais il ne lui était jamais venu à l'esprit que les sentiments d'Emil pouvaient être différents des siens. Elle se questionnait maintenant, mais elle n'avait jamais pensé à un danger dans cette direction. Si Marie avait été célibataire, — oh ! oui ! Elle aurait alors gardé les yeux ouverts. Mais le simple fait qu'elle soit l'épouse de Shabata , pour Alexandra, a tout réglé. Qu'elle soit belle, impulsive, à peine deux ans de plus qu'Emil, ces faits n'avaient eu aucun poids auprès d'Alexandra. Emil était un bon garçon, et seuls les mauvais garçons couraient après les femmes mariées.

Maintenant, Alexandra pouvait dans une certaine mesure se rendre compte que Marie était, après tout, Marie ; pas simplement une « femme mariée ». Parfois, quand Alexandra pensait à elle, c'était avec une tendresse douloureuse. Dès l'instant où elle les avait rejoints dans le verger ce matin-là, tout était clair pour elle. Il y avait quelque chose dans ces deux hommes allongés dans l'herbe, quelque chose dans la façon dont Marie avait posé sa joue sur l'épaule d'Emil, qui lui disait tout. Elle se demanda alors comment ils auraient pu ne pas s'aimer ; comment elle aurait pu l'empêcher de savoir qu'il le fallait. Le visage froid et renfrogné d'Emil, le contentement de la jeune fille : Alexandra avait ressenti un sentiment d'admiration devant eux, même au premier choc de son chagrin.

L'oisiveté de ces journées au lit, la détente du corps qui les accompagnait, permettaient à Alexandra de réfléchir plus calmement qu'elle ne l'avait fait depuis la mort d'Émile. Elle et Frank, se dit-elle, étaient exclus de ce groupe d'amis accablés par le désastre. Elle doit certainement voir Frank Shabata . Même dans la salle d'audience, son cœur l'avait peiné. Il vivait dans un pays étranger, il n'avait ni parents ni amis, et en un instant il avait gâché sa vie. Étant ce qu'il était, pensait-elle, Frank n'aurait pas pu agir autrement. Elle pouvait comprendre son comportement plus facilement que celui de Marie. Oui, elle doit aller à Lincoln voir Frank Shabata .

Le lendemain des funérailles d'Emil, Alexandra avait écrit à Carl Linstrum ; une seule page de papier à lettres, une simple déclaration de ce qui s'était passé. Elle n'était pas du genre à pouvoir écrire grand-chose sur une telle chose, et sur ses propres sentiments, elle ne pouvait jamais écrire très librement. Elle savait que Carl était loin des bureaux de poste, en prospection quelque part à l'intérieur. Avant de commencer , il lui avait écrit où il comptait aller, mais ses idées sur l'Alaska étaient vagues. Au fil des semaines et sans nouvelles de lui, il sembla à Alexandra que son cœur se durcissait contre Carl. Elle commença à se demander si elle ne ferait pas mieux de finir sa vie seule. Ce qui restait de la vie semblait sans importance.

II

Tard dans l'après-midi d'une brillante journée d'octobre, Alexandra Bergson, vêtue d'un costume noir et d'un chapeau de voyage, descendit au dépôt de Burlington à Lincoln. Elle se rendit en voiture à l'hôtel Lindell, où elle avait séjourné deux ans auparavant lorsqu'elle était venue pour la cérémonie d'inauguration d'Emil. Malgré son air sûr et posé habituel, Alexandra se sentait mal à l'aise dans les hôtels, et elle se réjouissait, lorsqu'elle se présentait au bureau de réception pour s'inscrire, qu'il n'y ait pas grand monde dans le hall. Elle dîna tôt, portant son chapeau et sa veste noire jusqu'à la salle à manger et portant son sac à main. Après le dîner, elle sortit se promener.

Il commençait à faire nuit lorsqu'elle arriva sur le campus universitaire. Elle n'entrait pas dans le parc, mais marchait lentement le long de l'allée de pierre devant la longue clôture de fer, regardant à travers les jeunes hommes qui couraient d'un bâtiment à l'autre, les lumières qui brillaient de l'armurerie et de la bibliothèque. Une escouade de cadets faisait son exercice derrière l'armurerie, et les ordres de leur jeune officier retentissaient à intervalles réguliers, si aigus et si rapides qu'Alexandra ne pouvait pas les comprendre. Deux filles vaillantes descendirent les marches de la bibliothèque et sortirent par l'une des portes en fer. En passant devant elle, Alexandra fut ravie de les entendre se parler bohème. De temps à autre, un garçon courait le long de l'allée dallée et se précipitait dans la rue comme s'il se précipitait pour annoncer un prodige au monde. Alexandra éprouvait une grande tendresse pour eux tous. Elle aurait aimé que l'un d'eux s'arrête et lui parle. Elle aurait aimé pouvoir leur demander s'ils avaient connu Emil.

Alors qu'elle s'attardait près de la porte sud , elle rencontra effectivement l'un des garçons. Il portait sa casquette de forage et balançait ses livres au bout d'une longue sangle. Il faisait nuit à ce moment-là ; il ne l'a pas vue et s'est précipité contre elle. Il ôta sa casquette et resta tête nue, haletant. "Je suis terriblement désolé", dit-il d'une voix claire et claire, avec une inflexion montante, comme s'il s'attendait à ce qu'elle dise quelque chose.

"Oh, c'était ma faute!" » dit Alexandra avec empressement. « Êtes-vous un ancien étudiant ici, puis-je demander ?

"Non madame. Je suis un Freshie, juste à côté de la ferme. Comté de Cherry. Est-ce que vous chassiez quelqu'un ?

"Non, merci. C'est-à-dire… » Alexandra voulait le retenir. « Autrement dit, j'aimerais retrouver certains des amis de mon frère. Il a obtenu son diplôme il y a deux ans.

« Alors il faudrait essayer les Seniors, n'est-ce pas ? Voyons; Je n'en connais pas encore, mais il y en aura sûrement quelques-uns dans la bibliothèque. Ce bâtiment rouge, juste là », a-t-il souligné.

"Merci, je vais essayer là-bas", dit Alexandra avec insistance.

« Oh, tout va bien ! Bonne nuit." Le garçon mit sa casquette sur sa tête et courut droit dans la Onzième Rue. Alexandra le regardait avec mélancolie.

Elle retourna à son hôtel à pied, déraisonnablement réconfortée. « Quelle belle voix ce garçon avait et comme il était poli. Je sais qu'Emil a toujours été comme ça avec les femmes. Et encore une fois, après s'être déshabillée et debout en chemise de nuit, brossant ses longs et lourds cheveux à la lumière électrique, elle se souvint de lui et se dit : « Je ne pense pas avoir jamais entendu une voix plus agréable que celle de ce garçon. J'espère qu'il s'entendra bien ici. Comté de Cherry ; c'est là que le foin est si fin et que les coyotes peuvent gratter jusqu'à l'eau.

Le lendemain matin, à neuf heures, Alexandra se présenta au bureau du directeur du pénitencier d'État. Le gardien était un Allemand, un homme vermeil et joyeux, ancien bourrelier. Alexandra avait reçu une lettre du banquier allemand de Hanovre. En jetant un coup d'œil à la lettre, M. Schwartz rangea sa pipe.

« Ce grand bohémien, n'est-ce pas ? Bien sûr, il s'en sort bien, dit joyeusement M. Schwartz.

"Je suis heureux d'entendre cela. J'avais peur qu'il se montre belliqueux et s'attire encore plus d'ennuis. M. Schwartz, si vous avez le temps, j'aimerais vous parler un peu de Frank Shabata et pourquoi je m'intéresse à lui.

Le directeur l'écouta cordialement tandis qu'elle lui racontait brièvement quelque chose de l'histoire et du caractère de Frank, mais il ne semblait rien trouver d'inhabituel dans son récit.

« Bien sûr, je garderai un œil sur lui. Nous nous occuperons de lui, dit-il en se levant. « Tu peux lui parler ici, pendant que je vais m'occuper de la cuisine. Je vais le faire envoyer. Il devrait avoir fini de laver sa cellule à ce moment-là. Nous devons les garder propres , vous savez.

Le directeur s'arrêta à la porte, parlant par-dessus son épaule à un jeune homme pâle en tenue de forçat qui était assis à un bureau dans un coin et écrivait dans un grand registre.

"Bertie, quand le 1037 arrive, tu sors et donne à cette dame une chance de parler."

Le jeune homme baissa la tête et se pencha de nouveau sur son registre.

Lorsque M. Schwartz disparut, Alexandra fourra nerveusement son mouchoir à bords noirs dans son sac à main. En sortant dans le tramway, elle n'avait pas eu la moindre crainte de rencontrer Frank. Mais depuis qu'elle était là, les bruits et les odeurs dans le couloir, le regard des hommes en tenue de forçat qui passaient devant la porte vitrée du bureau du directeur, l'affectaient désagréablement.

L'horloge du directeur tournait, la plume du jeune forçat grattait activement le gros livre et ses épaules pointues étaient secouées à intervalles de quelques secondes par une toux molle qu'il essayait d'étouffer. Il était facile de voir qu'il était malade. Alexandra le regardait timidement, mais il ne levait pas une seule fois les yeux. Il portait une chemise blanche sous sa veste rayée, un col montant et une cravate très soigneusement nouée. Ses mains étaient fines et blanches et bien soignées, et il avait une bague en phoque au petit doigt. Lorsqu'il entendit des pas approcher dans le couloir, il se leva, effaça son livre, posa sa plume dans le porte-plume et quitta la pièce sans lever les yeux. Par la porte qu'il a ouverte, un garde est entré, amenant Frank Shabata .

« C'est vous la dame qui voulait parler au 1037 ? Il est la. Soyez sages, maintenant. Il peut s'asseoir, madame, » voyant qu'Alexandra restait debout. "Appuyez sur ce bouton blanc quand vous en aurez fini avec lui, et je viendrai."

Le garde est sorti et Alexandra et Frank sont restés seuls.

Alexandra essayait de ne pas voir ses vêtements hideux. Elle essaya de le regarder droit dans les yeux, dont elle avait du mal à croire qu'il s'agissait du sien. Il était déjà blanchi jusqu'à devenir un gris crayeux. Ses lèvres étaient incolores, ses fines dents paraissaient jaunâtres. Il jeta un regard maussade à Alexandra, cligna des yeux comme s'il venait d'un endroit sombre et un sourcil se contracta continuellement. Elle sentit tout de suite que cet entretien était pour lui une terrible épreuve. Son crâne rasé, laissant apparaître la conformation de son crâne, lui donnait un air criminel qu'il n'avait pas eu lors du procès.

Alexandra lui tendit la main. "Frank," dit-elle, ses yeux s'emplissant soudainement, "J'espère que tu me permettras d'être amicale avec toi. Je comprends comment tu as fait. Je ne me sens pas dur envers toi. Ils étaient plus coupables que vous.

Frank sortit un mouchoir bleu sale de la poche de son pantalon. Il s'était mis à pleurer. Il se détourna d'Alexandra. «Je n'ai jamais eu l'intention de ne rien faire à cette femme», marmonna-t-il. «Je n'ai jamais eu l'intention de ne rien faire à ce garçon. Je n'ai rien eu contre ce garçon . J'aime toujours ce garçon, bien. Et puis je le trouve… » Il s'arrêta. Cette sensation disparut de son visage et de ses yeux. Il se laissa tomber sur une chaise et s'assit, regardant fixement le sol, ses mains pendantes entre ses genoux, le mouchoir posé sur sa jambe rayée. Il semblait avoir éveillé dans son esprit un dégoût qui avait paralysé ses facultés.

« Je ne suis pas venu ici pour vous en vouloir, Frank. Je pense qu'ils étaient plus responsables que toi. Alexandra aussi se sentait engourdie.

Frank leva soudain les yeux et regarda par la fenêtre du bureau. "Je suppose que tout va au diable ce sur quoi je travaille si dur", dit-il avec un sourire lent et amer. "Je m'en fiche." Il s'arrêta et passa la paume de sa main sur les poils légers de sa tête avec agacement. «Je ne peux pas écrire sans mes cheveux», se plaignit-il. «J'oublie l'anglais. Nous ne parlons pas ici, sauf jurons.

Alexandra était perplexe. Frank semblait avoir subi un changement de personnalité. Il n'y avait presque rien par lequel elle pouvait reconnaître son beau voisin bohème. D'une certaine manière, il ne semblait pas tout à fait humain. Elle ne savait pas quoi lui dire.

"Tu ne te sens pas dur avec moi, Frank?" » demanda-t-elle enfin.

Frank serra le poing et éclata d'excitation. «Je ne me sens dur envers aucune femme. Je vous le dis, je ne suis pas ce genre d'homme. Je n'ai jamais frappé ma femme. Non, je ne lui ai jamais fait de mal quand elle m'a fait quelque chose d'horrible ! » Il frappa si fort du poing le bureau du directeur qu'il le caressa ensuite distraitement. Un rose pâle se glissa sur son cou et son visage. « Depuis deux ou trois ans, je sais que cette femme ne se soucie plus de moi, Alexandra Bergson. Je sais qu'elle en veut à un autre homme. Je la connais, oo-oo ! Et je ne lui ai jamais fait de mal. Je ne l'aurais jamais fait , si je n'avais pas cette arme avec moi. Je ne sais pas pourquoi je prends ce pistolet. Elle dit toujours que je ne suis pas un homme pour porter une arme. Si elle était dans cette maison, là où elle aurait dû être … Mais c'est un discours insensé.

Frank se frotta la tête et s'arrêta brusquement, comme il s'était arrêté auparavant. Alexandra sentait qu'il y avait quelque chose d'étrange dans sa façon de se détendre, comme si quelque chose survenait en lui qui éteignait son pouvoir de ressentir ou de penser.

"Oui, Frank," dit-elle gentiment. "Je sais que tu n'as jamais voulu blesser Marie."

Frank lui sourit bizarrement. Ses yeux se remplirent lentement de larmes. "Tu sais, j'oublie le plus le nom de cette femme. Elle n'a plus de nom pour moi. Je n'ai jamais détesté ma femme, mais cette femme, qu'est-ce qui me pousse à faire ça - Honnête envers Dieu, mais je la déteste ! Je ne suis pas un homme pour me battre. Je ne veux tuer aucun garçon ni aucune femme. Je me fiche du nombre d'hommes qu'elle emmène sous cet arbre. Je m'en fiche, mais ce brave garçon que je tue, Alexandra Bergson. Je suppose que je deviens fou, bien sûr, ça suffit .

Alexandra se souvint de la petite canne jaune qu'elle avait trouvée dans le placard de Frank. Elle se rappelait comment il était arrivé dans ce pays, un jeune homme gay, si attirant que la plus jolie bohème d'Omaha s'était enfuie avec lui. Il semblait déraisonnable que la vie l'ait amené dans un endroit pareil. Elle blâmait amèrement Marie. Et pourquoi, avec sa nature heureuse et affectueuse, aurait-elle apporté destruction et chagrin à tous ceux qui l'avaient aimée, même au pauvre vieux Joe Tovesky , l'oncle qui la portait si fièrement lorsqu'elle était petite fille ? C'était la chose la plus étrange de toutes. Y avait-il donc quelque chose de mal à être ainsi chaleureux et impulsif ? Alexandra détestait penser cela. Mais il y avait Emil, dans le cimetière norvégien de chez lui, et voici Frank Shabata . Alexandra se leva et lui prit la main.

« Frank Shabata , je n'arrêterai jamais d'essayer jusqu'à ce que je t'obtienne ta grâce. Je ne donnerai jamais la paix au gouverneur. Je sais que je peux te sortir d'ici.

Frank la regarda avec méfiance, mais il retrouva la confiance sur son visage. « Alexandra, dit-il avec sérieux, si je pars d'ici, je ne dérangerai plus ce pays. Je retourne d'où je viens; voir ma mère.

Alexandra essaya de retirer sa main, mais Frank la retint nerveusement. Il tendit le doigt et toucha distraitement un bouton de sa veste noire. " Alexandra ," dit-il à voix basse, en regardant fixement le bouton, "tu penses que j'utilise terriblement mal cette fille avant…"

« Non, Franck. Nous n'en parlerons pas, dit Alexandra en lui serrant la main. "Je ne peux pas aider Emil maintenant, alors je vais faire ce que je peux pour toi. Vous savez que je ne sors pas souvent de chez moi, et je suis venu ici exprès pour vous le dire.

Le gardien à la porte vitrée jeta un regard interrogateur. Alexandra hocha la tête, et il entra et toucha le bouton blanc de son bureau. Le garde apparut et, le cœur serré, Alexandra vit Frank emmené dans le couloir. Après quelques mots avec M. Schwartz, elle quitta la prison et se dirigea vers le tramway. Elle avait refusé avec horreur l'invitation cordiale du directeur à « passer par l'établissement ». Tandis que la voiture roulait sur la chaussée inégale, revenant vers Lincoln, Alexandra se souvint qu'elle et Frank avaient été détruits par la même tempête et que, même si elle pouvait sortir au soleil, il ne lui restait plus grand-chose dans sa vie. il. Elle se souvint de quelques vers d'un poème qu'elle avait aimé pendant ses années d'école :

Désormais le monde ne sera
pour moi qu'une prison plus vaste ,

et soupira. Un dégoût de la vie lui pesait le cœur ; un sentiment qui avait par deux fois figé les traits de Frank Shabata pendant qu'ils parlaient ensemble. Elle aurait aimé être de retour sur le Divide.

Lorsqu'Alexandra entra dans son hôtel, l'employé leva un doigt et lui fit signe. Alors qu'elle s'approchait de son bureau, il lui tendit un télégramme. Alexandra prit l'enveloppe jaune et la regarda avec perplexité, puis entra dans l'ascenseur sans l'ouvrir. Alors qu'elle marchait dans le couloir menant à sa chambre, elle pensa qu'elle était, en quelque sorte, à l'abri des mauvaises nouvelles. En arrivant dans sa chambre, elle ferma la porte à clé et, s'asseyant sur une chaise près de la commode, ouvrit le télégramme. C'était de Hanovre, et on pouvait lire :—

Je suis arrivé à Hanovre hier soir. J'attendrai ici jusqu'à ce que tu viennes. Accélère s'il te plaît.

CARL LINSTRUM.

Alexandra posa la tête sur la commode et fondit en larmes.

III

Le lendemain après-midi, Carl et Alexandra traversaient les champs à pied depuis chez Mme Hiller. Alexandra avait quitté Lincoln après minuit et Carl l'avait rencontrée à la gare de Hanovre tôt le matin. Une fois rentrés chez eux, Alexandra s'était rendue chez Mme Hiller pour laisser un petit cadeau qu'elle lui avait acheté en ville. Ils ne restèrent qu'un instant à la porte de la vieille dame, puis sortirent pour passer le reste de l'après-midi dans les champs ensoleillés.

Alexandra avait ôté son costume de voyage noir et enfilé une robe blanche ; en partie parce qu'elle voyait que ses vêtements noirs mettaient Carl mal à l'aise et en partie parce qu'elle se sentait elle-même opprimée par eux. Ils ressemblaient un peu à la prison où elle les avait portés hier et n'étaient pas à leur place en plein champ. Carl avait très peu changé. Ses joues étaient plus brunes et plus pleines. Il ressemblait moins à un érudit fatigué qu'à son départ il y a un an, mais personne, même aujourd'hui, ne l'aurait pris pour un homme d'affaires. Ses yeux noirs doux et brillants, son sourire fantaisiste seraient moins contre lui au Klondike que sur le Divide. Il y a toujours des rêveurs à la frontière.

Carl et Alexandra parlaient depuis le matin. Sa lettre ne lui était jamais parvenue. Il avait appris son malheur pour la première fois par un journal de San Francisco, vieux de quatre semaines, qu'il avait récupéré dans un saloon et qui contenait un bref compte rendu du procès de Frank Shabata . Lorsqu'il reposa le papier, il était déjà décidé à parvenir à Alexandra aussi vite qu'une lettre ; et depuis qu'il était en route ; jour et nuit, par les bateaux et les trains les plus rapides qu'il pouvait prendre. Son paquebot avait été retenu deux jours par des intempéries.

En sortant du jardin de Mme Hiller , ils reprirent leur conversation là où ils l'avaient laissée.

« Mais pourrais-tu repartir comme ça, Carl, sans arranger les choses ? Pourriez-vous simplement partir et quitter votre entreprise ? » » demanda Alexandra.

Carl rit. « Prudente Alexandra ! Vous voyez, ma chère, il se trouve que j'ai un partenaire honnête. Je lui fais confiance pour tout. En fait, c'est son entreprise depuis le début, vous savez. J'y suis uniquement parce qu'il m'a accueilli. Je devrai y retourner au printemps. Peut-être que tu voudras venir avec moi alors. Nous n'avons pas encore récolté des millions, mais nous avons un début qui mérite d'être suivi. Mais cet hiver, j'aimerais passer avec toi. Vous ne penserez pas que nous devrions attendre plus longtemps, à cause d'Emil, n'est-ce pas, Alexandra ?

Alexandra secoua la tête. « Non, Carl ; Je ne ressens pas cela. Et vous n'avez sûrement pas besoin de vous soucier de ce que Lou et Oscar disent maintenant. Ils sont bien plus en colère contre moi à propos d'Emil, maintenant, que contre toi. Ils disent que tout était de ma faute. Que je l'ai ruiné en l'envoyant à l'université.

« Non, je m'en fiche de Lou ou d'Oscar. Au moment où j'ai su que tu avais des ennuis, au moment où j'ai pensé que tu aurais peut-être besoin de moi, tout a semblé différent. Vous avez toujours été une personne triomphante. Carl hésita, regardant de côté sa silhouette forte et pleine. "Mais tu as besoin de moi maintenant, Alexandra?"

Elle posa la main sur son bras. «J'avais terriblement besoin de toi quand c'est arrivé, Carl. J'ai pleuré pour toi la nuit. Puis tout a semblé devenir dur en moi, et j'ai pensé que je ne devrais peut-être plus jamais m'occuper de toi. Mais quand j'ai reçu votre télégramme hier, alors—alors c'était exactement comme avant. Tu es tout ce que j'ai au monde, tu sais.

Carl lui serra la main en silence. Ils passaient devant la maison vide des Shabata , mais ils évitèrent le chemin du verger et en prirent un qui menait à l'étang de pâturage.

"Pouvez-vous le comprendre, Carl?" murmura Alexandra. «Je n'ai eu personne d'autre qu'Ivar et Signa à qui parler. Parle-moi. Pouvez-vous comprendre? Auriez-vous pu croire celui de Marie Tovesky ? J'aurais été découpé en morceaux, petit à petit, avant de trahir sa confiance en moi !

Carl regarda la tache d'eau brillante devant eux. « Peut-être qu'elle a été coupée en morceaux aussi, Alexandra. Je suis sûr qu'elle a fait de gros efforts; ils l'ont tous les deux fait. C'est bien sûr pour cela qu'Emil est allé au Mexique. Et il repartait, me dites-vous, alors qu'il n'était chez lui que depuis trois semaines. Tu te souviens de ce dimanche où j'étais allé avec Emil à la foire de l'Église française ? Je pensais que ce jour-là, il y avait une sorte de sentiment, quelque chose d'inhabituel, entre eux. Je voulais t'en parler. Mais sur le chemin du retour, j'ai rencontré Lou et Oscar et je me suis tellement mis en colère que j'ai oublié tout le reste. Il ne faut pas être dur avec eux, Alexandra. Asseyez-vous ici près de l'étang une minute. Je veux te dire quelque chose."

Ils s'assirent sur la berge touffue d'herbe et Carl lui raconta comment il avait vu Emil et Marie au bord de l'étang ce matin-là, il y a plus d'un an, et combien ils lui avaient semblé jeunes, charmants et pleins de grâce. "Cela arrive parfois comme ça dans le monde, Alexandra", ajouta-t-il avec sérieux. «Je l'ai déjà vu. Il y a des femmes qui sèment la ruine autour d'elles sans que ce soit leur faute, simplement parce qu'elles sont trop belles, trop pleines de vie et d'amour. Ils n'y peuvent rien. Les gens y viennent comme on s'approche d'un feu chaud en hiver. Je ressentais ça en elle quand elle était petite. Vous souvenez-vous de la façon dont tous les bohémiens se pressaient autour d'elle dans le magasin le jour où elle offrait ses bonbons à Emil ? Tu te souviens de ces étincelles jaunes dans ses yeux ?

Alexandra soupira. "Oui. Les gens ne pouvaient s'empêcher de l'aimer. Le pauvre Frank le fait, même maintenant, je pense ; bien qu'il se soit mis dans un tel emmêlement que depuis longtemps son amour a été plus amer que sa haine. Mais si tu avais vu qu'il y avait quelque chose qui n'allait pas, tu aurais dû me le dire, Carl.

Carl lui prit la main et sourit patiemment. « Ma chérie, c'était quelque chose qu'on ressentait dans l'air, comme on sent le printemps arriver, ou une tempête en été. je n'ai pas *vu* rien. Simplement, quand j'étais avec ces deux jeunes choses, je sentais mon sang s'accélérer, je ressentais – comment dire ? – une accélération de la vie. Après mon départ, tout cela était trop délicat, trop intangible pour qu'on puisse en parler.

Alexandra le regarda tristement. « J'essaie d'être plus libéral sur ce genre de choses qu'avant. J'essaie de réaliser que nous ne sommes pas tous pareils. Seulement, pourquoi ne pourrait-il pas s'agir de Raoul Marcel, ou de Jan Smirka ? Pourquoi fallait-il que ce soit mon garçon ?

« Parce qu'il était le meilleur qui soit, je suppose. Ils étaient tous les deux les meilleurs que vous ayez ici.

Le soleil baissait à l'ouest lorsque les deux amis se levèrent et reprirent le chemin. Les meules de paille projetaient de longues ombres, les hiboux rentraient chez eux vers la ville des chiens de prairie. Lorsqu'ils arrivèrent au coin où se rejoignaient les pâturages, les douze jeunes poulains d'Alexandra galopaient en troupeau sur le sommet de la colline.

« Carl, » dit Alexandra, « j'aimerais y aller avec toi au printemps. Je n'ai pas été sur l'eau depuis que nous avons traversé l'océan, quand j'étais petite. Après notre arrivée ici, je rêvais parfois du chantier naval où mon père travaillait et d'une petite sorte de crique pleine de mâts. Alexandra fit une pause. Après un moment de réflexion, elle dit : « Mais tu ne me demanderais jamais de partir pour de bon, n'est-ce pas ?

« Bien sûr que non, ma chérie. Je pense que je sais ce que vous ressentez à propos de ce pays aussi bien que vous-même. Carl lui prit la main dans les siennes et la pressa tendrement.

« Oui, je ressens toujours cela, même si Emil est parti. Quand j'étais dans le train ce matin et que nous sommes arrivés près de Hanovre, j'ai ressenti quelque chose comme lorsque je revenais de la rivière avec Emil en voiture cette fois-là, pendant l'année sèche. J'étais content d'y revenir. Je vis ici depuis longtemps. Il y a une grande paix ici, Carl, et une grande liberté.... J'ai pensé, en sortant de cette prison, où se trouve le pauvre Frank, que je ne me sentirais plus jamais libre. Mais je le fais, ici. Alexandra prit une profonde inspiration et regarda le West Rouge.

« Vous appartenez à la terre », murmura Carl, « comme vous l'avez toujours dit. Maintenant plus que jamais."

« Oui, maintenant plus que jamais. Vous souvenez-vous de ce que vous avez dit un jour à propos du cimetière et de la vieille histoire qui s'écrit d'elle-même ? Seulement c'est nous qui l'écrivons, avec le meilleur que nous avons.

Ils s'arrêtèrent sur la dernière crête du pâturage, surplombant la maison, le moulin à vent et les écuries qui marquaient l'emplacement de la propriété de John Bergson. De tous côtés, les vagues brunes de la terre roulaient à la rencontre du ciel.

"Lou et Oscar ne peuvent pas voir ces choses", dit soudain Alexandra. « Supposons que je cède mes terres à leurs enfants, quelle différence cela fera-t-il ? La terre appartient au futur, Carl ; c'est ce qu'il me semble. Combien de noms figureront sur le plateau du greffier du comté dans cinquante ans ? Autant essayer de léguer le coucher de soleil là-bas aux enfants de mon frère. Nous allons et venons, mais la terre est toujours là. Et les gens qui l'aiment et le comprennent sont ceux qui en sont propriétaires – pendant un petit moment.

Carl la regarda avec étonnement. Elle regardait toujours vers l'ouest, et sur son visage il y avait cette sérénité exaltée qui lui venait parfois dans les moments de profonde émotion. Les rayons uniformes du soleil couchant brillaient dans ses yeux clairs.

"Pourquoi penses-tu à de telles choses maintenant, Alexandra?"

« J'ai fait un rêve avant d'aller à Lincoln. Mais je vous en parlerai plus tard, après notre mariage. Cela ne se réalisera jamais, maintenant, comme je le pensais. Elle prit le bras de Carl et ils se dirigèrent vers le portail. « Combien de fois avons-nous parcouru ce chemin ensemble, Carl. Combien de fois nous y parcourrons encore ! Avez-vous envie de revenir chez vous ? Vous sentez-vous en paix avec le monde ici ? Je pense que nous serons très heureux. Je n'ai aucune crainte. Je pense que lorsque des amis se marient, ils sont en sécurité. Nous ne souffrons pas comme ces jeunes. Alexandra termina avec un soupir.

Ils avaient atteint la porte. Avant que Carl ne l'ouvre, il attira Alexandra vers lui et l'embrassa doucement, sur les lèvres et sur les yeux.

Elle s'appuya lourdement sur son épaule. «Je suis fatiguée», murmura-t-elle. "J'ai été très seul, Carl."

Ils entrèrent ensemble dans la maison, laissant le Divide derrière eux, sous l'étoile du soir. Heureux pays qui recevra un jour dans son sein des cœurs comme celui d'Alexandra, pour les restituer dans le blé jaune, dans le blé bruissant, dans les yeux brillants de la jeunesse !

www.ingramcontent.com/pod-product-compliance
Lightning Source LLC
LaVergne TN
LVHW042154190726
843493LV00006B/1671